纵横山乡故事

杨衍瑶◎著

成都时代出版社
CHENGDU TIMES PRESS

图书在版编目（CIP）数据

仫佬山乡故事 / 杨衍瑶著. -- 成都 ： 成都时代出
版社，2019.11（2023.1重印）

ISBN 978-7-5464-2513-9

Ⅰ．①仫… Ⅱ．①杨… Ⅲ．①中篇小说－小说集－中
国－当代②短篇小说－小说集－中国－当代 Ⅳ．①I247.7

中国版本图书馆CIP数据核字(2019)第230325号

仫佬山乡故事
MULAO SHANXIANG GUSHI

杨衍瑶　著

出 品 人　达　海
责任编辑　兰晓鋬鋬
责任校对　江　黎
装帧设计　悟阅文化
责任印制　车　夫

出版发行　**成都时代出版社**
电　　话　(028) 86742352（编辑部）
　　　　　(028) 86763285（市场营销部）
印　　刷　三河市嵩川印刷有限公司
开　　本　880mm×1230mm　1/32
印　　张　5.75
字　　数　130千
版　　次　2019年11月第1版
印　　次　2023年1月第2次印刷
书　　号　ISBN 978-7-5464-2513-9
定　　价　39.80元

目 录

●

阿菊的突围

一

　　这些年的晚饭后，我们习惯了散步。如果晚上既没有酒约，又不出差，或者不是因为天公不作美呀、身体不舒服呀，我们都会出去散步，人到中年了才蓦然觉得身体健康是多么的重要。再说，人是容易寂寞的，人也是害怕孤独的，所以就免不了要与人相识相知，谈天说地，用无聊的话题去驱赶生活的无聊。

　　我们是指妻子和我，当然也会有另外一些朋友。每个晚上，我们会有两个或更多朋友一同散步。可有时是我一个人出去散步，毕竟妻子或者朋友们难免也会有些应酬活动嘛。一年四季，我们像闲游在河里的鱼一样，在不同的季节里随意穿梭。漫不经心地边走边看，用脚步随意地丈量着大街小道。冬令时节，我们会出门早一些，因为晚上六点多外面就黑透了，再晚一点的话，行人更是寥寥。尽管冬天的风冷飕飕的，可走不久就会脚底发热、背脊出汗，也就不会感到冷了。而到了夏季，则是大不相同了。晚上七点多钟，长长的天光将街市映照得清清楚楚，路灯也亮起来了。街上还是车水马龙，人们熙熙攘攘，好像是急着赶早上的集市一样。走上一圈，本地的八卦消息像夜飞的虫子，不时钻进我们的耳朵里，小县城的新闻不断地更新着。

我们不时地碰上出来散步健身的或者打发时间的熟人朋友，有时也停下来交流一些信息。于是我们知道一些熟悉或是不熟悉的情况。有的人走了，有的人病了，有的人到城市随儿女生活了……这些看似平静的生活后面，潜藏着涌动的暗流。那些看不见的漩涡，总是在不经意间带走你熟悉的或是不熟悉的故事。

那天晚上，正好是我一个人散步，走过民族广场的时候，手机响起来了。我一看，是一个陌生的号码。接听后，是一个有点熟悉的女人声音。我刚感觉有点奇怪，她就自报家门了，说她是阿菊。聊了几句家常后，我就问她在哪里。

阿菊说："我在看守所。"

我刚想问是怎么回事时，阿菊就说自己是因为杀人进去的。

倒是我吃了一惊。

阿菊说，她是想把她的故事告诉我，因为她不久将告别这个人世了。她又问："杨老师，如果方便的时候能来看我一下吗？"

我当然答应了。

挂了电话后，我看见夏日夕阳的余晖恋恋不舍地停留在天际，映红了大片大片的云朵，变幻出多姿多彩的绚丽。因为这个电话，晚霞的可爱没有让我的心情变得美好，反而一下子有点乱糟糟的了。

二

回到家里，我把阿菊的事对妻子说了。

妻子说："难怪前段时间传闻有个女人把自己的老公杀了。原来是阿菊。真是想不到。"我的妻子也认识阿菊。

之后，我更关注阿菊的事情了，到处打听。有时在酒桌上提及此事，知道原委的人便重新讲述。我说，那个女人曾经是我的学生。大家听了，一阵唏嘘，不禁惋惜。当时，此事曾沸沸扬扬地嘈杂了一阵子。我因为听说得不清不楚，又是发生在乡下，就没有在意。毕竟网上随便浏览一下，此类事情就迅速地被不断发生的新故事覆盖了。

我在好几篇文章里提到过，自己曾经在山里当过民办老师。那是三十年前的事了。那时，我用一根竹子扁担挑着一床六斤的被子和几斤煤油、两斤猪肉，脚下是一双解放鞋，顶着烈日，步行到离家三十多里的山村做一名民办老师。那时，从山里到我们小镇，还未通公路，尽是上坡下坳曲里拐弯的羊肠小道。山里的孩子读书是个大问题，公办老师是不愿进山里教书的，只有民办老师才到山里教书。而民办老师教书的时间也不是很久，像走马灯一样，有的待不到两三个月，就不愿意干了。有的教一两个学期，就找关系调到离镇上更近的学校了。学生们常常是读一阵书，就停学了。等新老

师来了，才又重新回到学校读书。

阿菊是山里的女孩子，那时就八九岁吧，刚读小学一年级。她对山外的世界非常好奇。她的理想是能做一个城里人，这样就可以有好吃的东西和好看的衣服了。我说，只有读书才能改变自己的命运。阿菊的大眼睛忽闪忽闪的。很显然，她对命运之类的词是陌生的。当时，山民们的房子都建在山腰上，我们学校就在山脚的一小块凹陷地里，原先是生产队的仓库。教室不足二十平方米，墙是夯土建成的，房顶盖的是杉树皮。在教室里面用杉树皮隔出能放下一张小床和炉子的空间，供我睡觉和煮饭用。而教室剩下的部分则摆放着几张大椿凳当课桌，都是家长们从家里搬来的。学生们自己带小木凳、竹椅来当座位。有些学生的凳子坏了，或丢了，就站着上课。有一天我在教室里改作业，感觉窗外有窸窸窣窣的声音。说是窗，其实就是墙上开了一个大方洞，原先的窗框全部不见了。我以为是什么小动物，就伸头出去一看。看见一片野牡丹下，蹲着阿菊。我问她来干什么？阿菊说，来看老师改作业。我让她进到教室里来看。我一边批改作业，一边和阿菊聊了起来。刚开始她还显得有点局促和害羞，可不久，就变得有点调皮了。我发觉她非常可爱，还设想了一下，假如她不是出生在山里，这个女孩不知要迷住多少人呢，因为她长得相当标致。后来，她经常来看我改作业，有时还端着一个饭碗来，一边吃饭一边等待上课。

我算是在山里教书比较久的老师了，可也才两年就走了。因为我考取了师范学校，要去深造。我一走，学校又要停学了。两年的时间，自然而然与学生们建立了一定的感情。山里的村民知道，我也是去山里过度，迟早要走的。当时，阿菊读三年级，与我已经无拘无束了，只是还非常懵懂幼稚。我记得，那天我挑着一担行李，走到山村路口的榕树脚下歇困时，才发现阿菊一直跟在我后面。

我问："阿菊，你为什么要跟着我？"阿菊说："老师，我不想让你走。"我说："我也还要去读书呢！"阿菊问："老师，你还回来吗？"我说："也许不回来了。"阿菊问："为什么呢？在我们这里教书不好吗？"我说："因为老师还要结婚呀！"阿菊问："在山里结婚不好吗？"我笑了笑说："山里没有姑娘啊！"阿菊说："老师，难怪他们说你要回去讨老婆了。"我笑了笑，问阿菊："你知道什么是讨老婆吗？"阿菊说："就是一个男人和一个女人在一起。"我说："可这山里没有适合我的女人呀。"

阿菊说："有我呀！"我说："你太小了。"阿菊说："等我长大了，我就嫁给你。"我说："等你长大了，老师也许都老了。你还是回去吧。"

说完，我挑起行李就走了，一下子，我听到后面有了哭声，我不敢看，我怕自己控制不住也会哭起来。说真的，阿菊那双大眼睛，看着看着，就会让人心生怜惜。

三

师范毕业后，我因为在报刊上发表了一些小说、散文，就没有继续当老师，而是改行到了文化馆。我原以为自己在事业上是应该有一番成就的，可很多年过去了，我还是写不出什么有影响的作品，那种遥遥无期的对成功的焦虑感与日俱增。按理说，在文化馆工作比较清闲，是适合写作的。可生活中很多事情都是事与愿违的。人在安逸中久了，就容易倦怠下来。加上结婚后，面对一地鸡毛的生活，无助无聊无奈，就变得不思上进，得过且过了。再则小县城的文化是人情文化，婚丧嫁娶的红白事往来相当频繁。而我又是个豪爽之人，三教九流的朋友特别多，因而大量的时间精力都耗费在与吃喝有关的方面。一不小心，一周过去了，一月又过去了，一年也过去了。一年年下来，似乎看见一天天的日子，像一只只鸟儿在眼前飞走了。我才知道，写作这条路子不是一般人能走得通达的。年轻时，凭着热血冲动写了一些文字，而到了中年，靠细水长流的毅力，与虚无的时间和浮躁的生活对抗，写作就太困难了，追逐大师的梦想也变得渐行渐远，但对文学的那份情怀依然还是没有改变。好比初恋追求不到的姑娘，哪怕过了二十年，也还会经常不自觉地想念她。

有一天，文友老罗说太无聊了，约我去凤凰山走走。我们沿着文化大院前的步行街，绕道来到公园路脚下，抬头就是凤凰山了。走在绿树掩映的环山小道上，秋风阵阵，树叶闪着阳光在风中颤动，别有一番诗意。这个凤凰山因形似一只展翅的凤凰而得名。它坐北朝南，山顶的崖石像凤凰的头颈，山的两翼像凤凰张开的翅膀，屏障似的，护佑着整个县城。经过二十多年来不断的建设，变成一个开放的天然公园，成为人们休闲散心的好去处。昔日，从山顶往下看，县城老街的房子像一本打开的书籍，而房顶上的瓦片，似乎是一行行的文字。因此这里成为本县的八景之一——丹凤衔书。在山的腹地处，有个寺院叫多吉寺。这些年，寺院香火旺盛，规模不断扩大，将"凤凰的肚皮"镶嵌得金碧辉煌。假如到了开光的日子，四面八方前来进香朝拜的人们形形色色、络绎不绝。寺前的两棵数百年古榕树，盘根错节，浓荫覆盖，茂盛葱郁，气势磅礴。据说，这是清代康熙帝誉为"天下廉吏第一"的县官于成龙亲手栽植的。三百多年前，县官于成龙初仕之时，就在山下曾有过的关帝庙里居住过。文友提议，去县城的老街看看。他说，再不看以后就没有机会看了。现在到处都在大拆大建，说不定有一天，那些老房子就不复存在了。我对此深有同感。

秋天的阳光又白又亮，将蜿蜒的老街照得黑白分明。我们拿着相机，到城区的老街里面逛逛。老罗说，他主要是想看看这些老街的房子。县城的老街其实只有三条，像个"大"字一样，交错着连在一起。走进老街，仿佛走进了时光隧道。依然有老人坐在家门口晒太阳，依然有无所事事的狗儿在街上溜达，依然有闲人在街边打牌下棋。只是昔日的平房瓦房，大都建成楼房了，高高低低、参差不齐，使本来就狭小的街道更加逼仄了。少数的瓦房错落其中，显得又矮又丑。街中间还有一处民国时期的县衙，尽管周遭斑驳，可还是透出昔日的威严。靠近第一小学旁边有一段明朝时期留下来的十多米长的古城墙，在无声地诉说着岁月的沧桑。与老县衙一样，都在墙体上嵌入石碑，成为县级文物保护建筑了。走到街头西边，我无意在街巷里发现一家米粉摊，上面写着"黄金大头粉"。"黄金"是我乡下老家的地名，而大头粉则是老家特有的米粉。吃到它，就等于吃到母亲的味道，泛起童年的记忆。不由分说，我们就坐下来吃粉了。

摊主是个少妇，身材很好，肤色很白，两只眼睛特别会笑，是个美人坏子。我感觉好像在哪里见过一样。打粉给我时，她看着我笑了一下，一下子缓解了我们之间的尴尬。我一边吃一边说："我看看是不是正宗的'黄金大头粉'味道。嗯，还真是正宗的黄金大头粉的味道。"

我又问："难道你是黄金的老乡？"

少妇说："你不是杨老师嘛？"

"你认识我？"我有点吃惊。

"你是我的老师，我怎么不认识呢？"少妇说，"我让你猜猜看，我到底是谁？"

我又认真地看了看她，终于记起她来了，"你是阿……菊？"

"杨老师记忆力真好。这么多年过去了还记得我。"停了一下，又说，"杨老师，你怎么一点都没有变呢？"

"怎么没有变呢？"我说，"我都长白头发了。"

"白头发很难说话的。"她说，"在我的印象里，你一直都是这个样子。"

"哈哈，你过奖了。"我说，"怎么，你什么时候嫁到县城了？"

"不过是讨生活罢了。"她长长地叹了口气，接着说，"你以后常来光顾就好了。"

"一定，一定。"我说，"只有吃上这种大头粉，我才感觉回到了家一样，因为这是天下最美的味道。只要有这种味道，我肯定经常来的。"

"杨老师很会讲话。"她说。

我们又聊了些家常，把过去的时光与现在连接上了。

后来，我就成了阿菊粉摊上的常客。几乎是隔三岔五地去吃大头粉。大头粉是家乡的特色米粉，一小锅一小锅地在灶台边做，现做现吃。我们镇上的人大多会做。母亲在家里经常做给我们吃，我对这种米粉再熟悉不过了。先是把米浸泡一阵，再打成浆放在布袋里滤干成团，揉碎后再搓成团，放进锅里煮个半熟。然后把一团半熟的浆膏放在搓衣板一样大小的木板上，木板的中间镶着一块铁片，铁片上均匀地布满筷头一样大小的眼子，把木板架在锅上，把半熟的浆膏用手搓在板面，熟浆膏被挤到眼子下面，形成一根根头大身细的米粉掉进沸水锅里，下面又是猛火攻煮，不一会儿，一小锅的大头粉就煮熟起锅了。捞进碗里，浇上豆腐乳卤、鲜肉末、头菜、葱花、辣椒粉，一碗香喷喷的大头粉就可以吃了。这种味道即使过了几十年，依然在我的味觉里鲜活着，成为故乡与童年挥之不去的记忆。

去阿菊那里吃粉多了，我才对她真正地了解。原来阿菊是租住在那里的，从结婚开始，就不停地受到丈夫的虐待。她的丈夫经常把她脱光衣裳来打，每次打到累了才停下来。酒醉的时候打，清醒时也打，甚至在怀孕期间都没有停止过殴打。本以为生了孩子就可以免受皮肉之苦。可丈夫一看是个女孩，在阿菊坐月子期间就开打了。打得阿菊奶水都没有了。几乎每天，阿菊都生活在恐惧里，真不知道这样的日子何时是个尽头。有好几次，她想结束自己的生命，可想到女儿活在世上更加艰难，就又忍气吞声地挺下来。阿菊想离婚，可一提出来，就被打得半死。她曾找过街道居委会、派出所，可每次都是不了了之。换取的，是阿菊被打得脱层皮的代价。因为这个丈夫从小就经常打架斗殴犯事，阿菊的家爷家娘早已与他一刀两断，脱离了家庭关系，把他当成一个路人，从来不理这个逆子。阿菊甚至不知道丈夫还有父母。有时，阿菊甚至想带着女儿一起跳河死了算了，可觉得女儿小小的年纪就这样死了，太不值得了。女儿不到两岁时，她的丈夫因为参与了一起抢劫案，被判了十年。按照法律规定，夫妻一方被判了重刑的，婚姻就可以解除了。阿菊找来人到法院起诉要求离婚，很快就给判离了。终于，阿菊总算解脱了。于是，她自己租个房子，卖起我们家乡的大头粉来了。

有一次，老罗得了一笔小小的稿费，请我们一帮文友吃狗肉。这也是我们文友圈子里不成文的规定：大凡得了稿费，都要庆祝一下。所以，不得稿费还好，得了稿费，往往自己要倒贴才够大家欢聚一餐。老罗在公司当经理，年轻时就热爱文学，时有小块文章见于报刊，属于那种不急不躁，把文学当成一生票友的人。对于稿费，他不在乎得多得少，邀请大家聚聚，主要是为了营造那种氛围。吃饱喝足后，大家还要老罗请大家去嗨一下，才肯罢休。老罗没办法，又请大家去一个叫"老朋友"的歌舞厅。歌舞厅就坐落在汽车站旁边，可以说是我们这里最好的歌舞厅了。

老罗说："你该叫你的学生来开开心吧？大家也好认识认识。"

"不好吧。"我说，"她不是我们这个圈子的人。"

"也未必都是圈子的人才在一起。"老罗说，"大家认识后，帮帮她做大头粉广告也行吧。"

于是，我就叫了阿菊。

手机打通后，阿菊还有些推辞说："我怎么敢和你们这些有身份的人在一起呢？"

"不要见外，"我说，"他们都是我的好兄弟好姐妹，你来就是了。"

犹豫了一下，她还是答应来了。

那天晚上，我看得出来阿菊是打扮了一下的。虽略施了些淡妆，如清水出芙蓉，让包厢里荡起一缕清风。根本看不出她是一个摆米粉摊的大姐，倒是显出了不折不扣的文艺范。我向大家介绍阿菊，说她是我的学生。有几位文友笑得有些意味，仿佛我和阿菊早就有了什么似的。其他的则有点心照不宣。我对他们说："你们不要有什么想法呀！我们是几十年的师生感情了。"这帮文友都有几分酒意了，纷纷过来与阿菊碰杯。他们说，敬阿菊就是敬我。学生要替老师担当。一开始，阿菊还有点推辞，可接受一次敬酒后，其他文友们都不依不饶地敬酒。于是，阿菊就大杯大杯地喝开了。酒是社交的润滑剂，一下子拉近了大家的距离。她非常羡慕这些能写会道的文友们。

我说："他们也是人，不过是业余爱好，爱玩些文字罢了。有些人爱玩石玩鸟玩盆景，道理都差不多的。"

随后大家要阿菊亮亮嗓子，阿菊就点唱陈慧娴的《千千阙歌》，并说要将此歌献给敬爱的关心她的老师，当然是我了。于是，包厢里一片欢呼。掌声过后，阿菊唱起来了。

......

来日纵使千千阕歌

飘于远方我路上

来日纵使千千晚星

亮过今晚月亮

都比不起这宵美丽

亦绝不可使我更欣赏

因你今晚共我唱

……

　　我没想到阿菊的粤语唱得那么好。后来才知道，她初中毕业就去过广东打工。混了几年，没有什么起色，她就回来了。经人介绍，糊里糊涂地嫁给了这个男人。她终于成了一个城里人，可是，噩梦也就开始了。如果她的丈夫没有抢劫，她根本无法摆脱这个困境。后来，我们文友好几次相聚，阿菊都成为大家喜欢的一个活宝，大家也把她看成是我们中的一员了。

　　有一天晚上，也许阿菊把积压多年的悲苦一下子释放出来，喝得酩酊大醉。我叫了三马车送她回去。她的女儿早已经睡了。我送她到家后就想走，可阿菊一把拉住了我，大哭起来。她说："老师，我太苦了。如果没有女儿，我真的不想活了。别人都不理解我，只有老师你理解我，看得起我，不嫌弃我。你真是我最好最好的亲人了。"停了一下，她又胡言乱语起来，仿佛是对着空气中看不见的人说："你能不能留下来，安慰我一下。"那一刻，我确实犹豫了一下。可我看到阿菊已醉得不轻，就把她扶到床上。她的嘴里还喃喃地说些什么，我没有听懂。最后，我看她睡着了，便带上门回家了。

　　再后来，有那么一年时间，我脱产到中国最大的城市去进修学习，期间，特别想念家乡的大头粉。进修期满后回到镇上，我又想吃大头粉了。可是去到阿菊粉摊，已是大门紧闭了。我问了一下周围的人，说是她走了，又另嫁人了，具体嫁哪里呢，不知道。我拨打阿菊的手机，已经是空号了。

我的妻子曾提醒过我："不要与学生走得太近，免得风流韵事惹火烧身。"

我说："身正不怕影子歪。只要自己问心无愧，我不在乎别人的飞短流长。"

妻子说："我是相信你的，就怕别人不相信。"

我说："我走我的路，哪条狗想冲我叫就让它叫吧。"

四

再次见到阿菊是几年后，那时，她的第二任丈夫也正在坐牢。

刚开始在县城工作时，我往返乡下老家还是很勤快的。因父母当时还健在，我们就有理由回到一个叫家的地方。后来，父母过世后，我回老家的次数就渐渐稀疏了。可一些人情往来还是必须回去的。比如亲朋好友家的婚丧嫁娶，工作再忙也要抽时间回去碰个面，否则街坊邻里会说我们忘本。

一般参加了老街坊的白事，我都是当晚返回县城。可是有一次，是我家老屋邻居的一位老人去世了。因为她的年龄比父亲大，我们从小就叫她伯娘。我的父母亲都去世很多年了，她才去世。她是看着我们从小长到大，我要回去在她的灵柩前添上几炷香，而且必须住一晚，第二天给她送葬后才能回县城。这是我们这里的风俗习惯，也是我做人起码的准则。

我没有想到，就是那次，又碰上了阿菊。

吃过晚饭，当然也还喝些小酒后，我变得有些无所事事。这个时间，休息嘛，太早了；继续喝酒嘛，又容易伤身体。所以，我决定出去走走。此时，整条街面上一字摆开十几个摊位，既有扑克、麻将、大字牌，也有翻牌、三公、摇色子。大家都精神抖擞、专心致志地忙于摊前的活计。牌九摊前，人们里三层、外三层地围得水泄不通。

我正在摊位前观战，身后有个声音："杨老师，你也喜欢做这个？"

我扭头一看，感觉有些熟悉，脑子短路了一下，就说："你是……你是……"我突然记起是阿菊，马上就要叫出她的名字了。

"阿菊呀。"她说。

"我正要叫你呢。"我说。

没有想到仅仅几年时间，她起码老了十几岁，满脸的蝴蝶斑，头发也有些花白了，如果我没有看错的话，门牙还缺了两颗。

"你什么时候回来了？"我问。

"好几年了。"阿菊说。

"我以为你飞到哪里去了呢？"我说。

"我还能去得哪里呢。"阿菊说。她露出了缺牙的笑容。

"你还做米粉吧？"我问。

"明天你去吃吧。"阿菊说，"就在街市圩埠里。"

"好吧。"我说，"好久没有吃到你做的大头粉了。"

我们小镇的米粉摊有两类。一类是把摊面设在自己的家里。这类米粉摊的家要当街，家里要有一定的面积，位置越是靠近繁华的街市和街中心越好。一般是在家门口做灶台，堂屋就摆桌子供客人来吃米粉。这类摊点每天都可以经营，基本都是街坊的老客户。这就要求米粉做得好吃有特点，让人吃过后就记住这样的味道。你别看这小小的米粉摊，省得铺面的钱后，靠薄利多销也可以养活一家人。还有一类是到圩埠去摆摊。我们这里是三天一圩。到了圩日，十里八村的人就来赶圩了。到了街上，有些人到小吃摊炒菜喝酒，可大部分人都是吃米粉。圩埠里有专门的米粉行。摊主有自己的固定摊位，都是事先与市场管理部门签好合同的。这类摊主闲日里干些农活杂事，只有到了圩日，才到圩埠摆摊。我们小镇的米粉五花八门，有大头粉、滤粉、切粉、软粉、卷筒粉、榨粉等。吃法也各有不同，有的烫着吃，有的煮着吃，有的炒着吃，有的蒸着吃，还有的捞凉拌着吃。但最本土最地道最有特色的还是大头粉，因为除了家乡以外，我还没有看到什么地方有大头粉。

阿菊的米粉摊就在圩埠的米粉行里。

第二天送葬结束后，我就到了阿菊的粉摊吃粉，又和阿菊聊开了。后来，每次回到乡下老家，我都去阿菊的粉摊吃上一碗大头粉。味道还是那个味道，可阿菊似乎不是那个阿菊了。因为她笑起来时，那缺了门牙的样子，隐藏着一种说不出来的东西，总让我觉得不是滋味。这样的残缺，让我感觉到她的米粉都带着一种苦涩的味道了。

后来，我才了解到，阿菊真的是脱离了虎口，又掉入了狼窝。

阿菊第二次嫁的男人同样对她拳打脚踢。几乎是不分场合，脾气说来就来。有时，他端着一碗很烫的米粥就朝阿菊的脸扣过去，或者舀起一瓢滚烫的粉汤就从阿菊的头上淋下去，让阿菊好几天出不了门。有时，阿菊还在洗澡就被拖出来殴打。阿菊想不清楚，这个男人的脾气到底从何而来，自己为什么无缘无故会受此折磨。后来，阿菊想通了，觉得一切都是因为自己的命太苦了。

一天，阿菊收摊回家，看到家门口挤满了看热闹的人。她挤进去，看到一个男人倒在家里的堂屋中，周围是一大摊变黑的血迹。她的第二任丈夫脸色惨白，衣服上全是血迹，像一堆垃圾，被铐着坐在那里。几个警察在家里忙来忙去地拍照、记录。原来，不知何时，她的前夫出狱了。打听到阿菊的下落后，就出来寻找她们母女。前夫找到了家里，母女没看到，倒碰上第二任丈夫。两个暴躁的男人开始争辩。一个男人说另一个男人霸占了自己的女人。另一个男人不让这个男人来抢夺自己的女人。于是，两个男人为了一个女人开打了。阿菊的现任丈夫当然熟悉情况，知道自己家里的菜刀放在什么位置。不到几分钟，这个从县城跑来的男人，茶水还没有来得及喝一口，就倒在血泊里了。时值圩日，人员过往密集，消息传得很快。警察很快就赶到现场了。阿菊的前夫被抢救过来，没有死，但脚筋手筋全部被砍断，再也复原不了，连说话都不清不楚的，生活几乎不能自理了。阿菊的现任丈夫因为犯故意伤害罪，锒铛入狱了。

从此，阿菊又过上了清静的生活。

几年后，她的丈夫一出狱，阿菊的清静就被彻底打破了。

五

阿菊杀死丈夫的真正原因，是因为丈夫出狱不久，强奸了她的女儿玲玲。

阿菊的丈夫出狱后，每天从早到晚地喝酒，喝醉了就睡，睡醒了又喝。时不时还殴打阿菊出气。他把自己坐牢的原因，全部怪罪到阿菊的头上，好像自己娶回的是一个灾星。阿菊感觉自己抱着一个火药桶过日子，成天提心吊胆的。而丈夫眼睛射出的冷光，让人不寒而栗。尤其是他看阿菊女儿的样子，恨不得一口把她吞掉似的。而当时，阿菊的女儿玲玲已经出落成一个亭亭玉立的少女了。

女儿玲玲对阿菊说："妈，我好害怕啊！"

可阿菊还是要摆摊挣钱，养家糊口，没有办法时刻照顾女儿。

有一天，阿菊收摊回家，女儿没有回来，还以为她去同学家住了，因为曾经有过类似情况。可第二天放学也没有见女儿回家，阿菊有点坐不住了。第三天，女儿还是没有回来，阿菊彻底慌乱了。

阿菊问过丈夫，女儿去哪里了？可丈夫像什么也没有听到似的，继续在那里喝酒。她再想问一句，丈夫就打算动手打她了，吓得阿菊连忙跑了出去。

于是，阿菊也没有心思做米粉了。她放下手里的一切活计，去寻找女儿的下落。

她到了学校，找到女儿的班主任。

班主任说："你来得正好。我正想问你们玲玲怎么不来学校了呢？都初三了，复习功课这么紧张，怎么能随便缺课呢？她是不是

生病了？"

阿菊感觉有些尴尬，就顺口推说玲玲真的病了，要住一段时间的医院。她是来为玲玲请假的。

"唉，行吧。"班主任听了，说，"都这个节骨眼上了还生病。那就先好好医病吧。"

阿菊走出学校，心里空荡荡的，有点六神无主。阿菊的父母早已过世，自己又没有什么经常往来的亲戚，女儿会去哪里呢？

阿菊找到几个与女儿关系最好的同学，最后在一个同学那里找到了玲玲的书包。

那个同学说，那天玲玲把书包放在她这里后就走了，说只有等她妈妈来了，才能把书包交给她妈妈。至于玲玲去哪里，她也不知道。

阿菊回到家里，把女儿的书包翻来翻去，翻出了一本日记本。日记本的封面是那种彩色塑料，花花绿绿的，颜色已经发黄了，卷得皱巴巴的。日记本里面有铅笔、圆珠笔和水性笔断断续续记录着的几篇日记，阿菊看过后就蒙了。

玲玲的日记一

今天天气很好，可我的心情不好。那个叫爸爸的男人老是偷看我洗澡。我很害怕。

玲玲的日记二

今天妈妈又不在家，我又被那个叫爸爸的男人摸醒了。我想喊，可他狠狠打了我一个耳光。他还说，如果我说出去，就杀了我，然后再杀我妈。我非常害怕。

玲玲的日记三

我不能再待在家里了。这已经是第七次了。那个叫爸爸的男人又一次对我做了那种事情，还威胁我不能讲出去，否则杀了我。我不敢告诉妈妈。我怕他杀了我们。我怕……怕……怕……

玲玲的日记四

我老是感觉肚子会痛。我会不会突然生出一个小孩来呢？天啊！

玲玲的日记五

妈妈，你不要管我。我走了。你也不要再去寻找我了！你永远也不会找得到我了！

现在，我什么也不怕了！！

阿菊感觉自己的身体被抽空了。她什么也不想，什么也不会想，就那么呆呆地坐了一天一夜。

仅仅几天时间，阿菊的头发就全白了。她面色苍白，眼圈发黑，脑子里像塞满了沙子，很是沉重。整晚整晚地失眠，她变得憔悴，样子有点可怕。

她问丈夫对自己的女儿做什么了？

可丈夫瞪着那双闪着寒光的眼睛对她说："你信不信？你再问，哪天老子就弄死你！"并且做了一个要掐死阿菊的动作，阿菊

的心里一缩，就不再问了。

那天晚上，丈夫外出去喝酒。阿菊在家里坐着，不敢睡。她害怕自己在熟睡中会被丈夫闷死。

墙上的石英钟指向十点，阿菊没有睡。墙上的石英钟指向十一点，阿菊还是没有睡。后来，不知指向几点了，阿菊坐着睡过去了。

是回来的丈夫将阿菊弄醒的。丈夫一回来，就把阿菊拎起来拖到一旁，像发疯似的，狠狠地暴打了她一阵。他一边打一边骂，抓到什么就砸什么，将家里弄得一片狼藉。

阿菊感觉自己全身的骨头都快要散架了，眼前一阵发黑，天旋地转，昏迷了过去。

也不知过了多久，阿菊醒过来了。看到倒在床上鼾声如雷的丈夫，阿菊觉得再这样下去，自己必死无疑。兔子急了也会咬人，阿菊已不知道什么是害怕了。她感觉脑子快要炸开了。她必须立即做出最后的选择。

阿菊到厨房里倒了一碗酒，喝了一半，停了一下，又将剩下的喝完。喘了口气后，阿菊倒了第二碗酒，一口气干了下去。两碗酒下肚后，她的眼泪像决堤的河水一样流了下来，仿佛是那些酒变成的似的。眼泪流干后，阿菊变得平静起来，想到这些年来自己的遭遇，阿菊突然精神亢奋了起来。

阿菊用铁锤对着丈夫的脑门，狠狠地砸了几下，鼾声瞬间停止了。可阿菊觉得一点也不解恨。然后，她又从厨房里拿来菜刀，像砍猪脚一样地连续猛力地砍下去。只看到眼前四处飞溅的红光，她才罢手停下。随后，她长长地出了口气，笑了。

第二天早上，天刚蒙蒙亮，阿菊换了身干净的衣裳就去派出所了。街上还没有人，四处静悄悄的。当时，阿菊感觉很累，有点昏昏沉沉的，像是在做梦一样。从阿菊家到派出所不是很远，真要走的话，几分钟就到了。可阿菊走了很久很久。走到派出所门口时，阿菊停下了。她犹豫了一下，又想返回家里。可走到一半，她还是回到了派出所。派出所的大铁门是用铁管做成的，从里面锁起来了，而铁门右下边的小门是开着的。阿菊还是拿不定主意，心跳一下子猛烈起来，一下子又几乎停息下来。最后，阿菊还是从小门进去了。当他脚踏着小门下面的铁管时，整个大门摇晃了一下，又哐当地脆响了一声，阿菊的心一缩，吓得差点跪下来。可她还是坚持进去。她似乎觉得，有一扇无形的大门，把她所有的过去都挡在外边了。

晨光中，一位年轻警察大概是刚刚起床吧。他见站在大门走道上的阿菊，有点吃惊地问："大姐，你来这么早干什么呀？"

阿菊说："我杀人了。"

那个年轻警察一脸的惊愕。

阿菊继续说："我杀的是我老公。就在我家，昨天半夜里。"

年轻警察有点不相信的样子，看着阿菊不说话。一会儿，就急忙冲到一边的房前喊："所长，所长，有人自首了！"

好像是突然地，从不同的角落里冒出几个人来。

就这样，他们让阿菊坐在办公室的凳子上，把她铐了起来，做了非常详细的笔录。之后，先是用警车把阿菊带回家里的现场拍照。那个时候，天早已经大亮。也不知别人是怎么知道的，半条街

的人都来看热闹了。最后，他们又用警车把阿菊送去了县城的看守所。

六

这间房也就几平方米吧。除了一张床，几乎什么也没有。

此时，阿菊在看守所里已有好几个月了。她是一个人在一个单间。因为是重犯，所以要单独关押。刚开始进来的几天，阿菊总是感觉很累很累，几乎每天都昏昏欲睡。后来，她才渐渐有些了精神。每天，阿菊就坐在那里看墙上那个小小的窗口，是晴了，是阴了，或者是下雨了。有时，她想，如果能像孙悟空一样有七十二变的话，她会变成一条蜈蚣，慢慢爬出去。可出去了，又该去哪里呢？期间，阿菊也被问了几次话。问她是否要请律师。阿菊说，什么也不用请。她不想任何人为自己辩护。她对前来征求是否需要法律援助的人说，她一点悔意都没有。如果让她重新选择，她还是会这样做。

阿菊已经铁了心，要把牢底坐穿。因为在这里，她反而觉得更加安全，也用不着操劳日常生活的事情了。只是想到女儿，她就有点抓狂。活要见人，死要见尸，女儿怎么就那样消失了呢？她始终觉得女儿在什么地方躲藏起来了，也许有一天会突然出现在她面前，让她一阵惊喜。她想象自己变成一只鸟，从窗口飞出去。她想看看自己是怎么从山里一步步走进这间牢房的。

那只鸟飞得老高老高，看得很远很远，似乎从童年时代起就看见阿菊了。

念完小学，阿菊就到镇上去读中学了。因为山里没有中学。十五岁的时候，阿菊已经是初中三年级的学生了。她与镇上的一个女孩的关系比较好。那个女孩经常对阿菊说起自己的男朋友。阿菊知道闺密的男朋友是个街上崽。

　　有一天，闺密带着阿菊到了男朋友家。男朋友是个十八岁的少年，嘴唇边留着几根稀疏的胡须，模样还是蛮斯文的。他们就一起坐下来看录像。当时还没有影碟机，看录像已经是很高级的享受了，看的大都是港片。看了一会儿，闺密要出去办事。阿菊也想走，可闺密让阿菊在那里等她。阿菊听了闺密的话。一会儿，少年问阿菊要不要看刺激一点的。阿菊不知道什么是刺激一点的，就说了随便吧。少年换了录像带，然后去后面了。阿菊开始不知道放的是什么，只看见雪花状。渐渐地，录像清楚起来了。可录像的内容让阿菊一下子心跳剧烈起来。闺密的男朋友不知何时已在阿菊身边搂着她。随后，阿菊像打摆子一样抖动个不停，脑子几乎是一片空白。她都记不起闺密的男朋友是怎么把自己抱上床，又脱光了自己。一切都是糊里糊涂的，像做梦一样。那个夜晚，阿菊一直待在闺密的男朋友家里。直到第二天早上，阿菊才真正清醒过来。回到学校，阿菊根本听不进课堂上老师讲什么内容。她的脑子里不断重复地播放着一些画面。本来学习就不是很好的阿菊，此后成绩更是一落千丈。同学们觉得阿菊变了，老师觉得阿菊变了，阿菊也觉得自己变了。好在学期即将结束了。

　　阿菊初中毕业后就跟着姐妹们外出打工了。她们先后在广东的好几个地方打工，可收入仅仅够生活而已。后来，姐妹们散了。她

和男朋友辗转了几个城市。男朋友在一次酒后，与人斗殴，死了。

阿菊最后还是回来了。可一不小心，她把自己错嫁了。

这一切，似乎是一个长长的梦境。现在，梦终于醒了。

七

夏季又来临了。隐藏在街道两边天竺桂里的麻雀，不时传来小心翼翼的叫声。街市依旧是车水马龙、熙来攘往。生活依旧在悲欢离合、生离死别中无序地前行。

就在我不太在意时，终于到了阿菊开庭审判的日子。

那天上午，我想去旁听，可由于不是开放性的审判，我与阿菊又非亲非故，无法进到庭审现场，所以就一直在外面逛逛店铺等候。后来听出来的人说，尽管阿菊没有请律师，可还是有人为她进行辩护。庭审很顺利，证据也很充分。阿菊的话很少，她没有为自己作过多的辩解，似乎庭审结束得越快就越好。但双方还是摆了很多理由。一方说，关于阿菊长期遭受家庭暴力，为什么没有找妇联帮助呢？阿菊的女儿玲玲被强奸，为什么不去派出所报案呢？这些不能成为剥夺他人生命的理由，而且，她的犯罪手段十分残忍，等等。另一方说，阿菊有自首情节，她的生命也曾经遭受过威胁，等等。两方各执己见。最后庭长宣布休庭，改日再宣判。

倒是阿菊的最后陈述，让大家有点意外。她说，她一不后悔，二不申诉。她只有用死来证明自己曾经遭受过的伤害。死，对她来说意味着一种解脱。她从小到大，原本只不过想走出大山，过上一种简单平淡的常人生活，可为什么就如此困难呢？她只能怪自己的命不好罢了。

在后来的宣判中，阿菊被判了死刑，缓期两年执行。

有一天，我收到一个包裹，里面还有一张便条。包裹是阿菊寄给我的。包裹里有一个吊坠，是那种玉石做成的弥勒佛。我曾见过阿菊戴在脖子上。她让我保存着，说以后我万一见到她的女儿玲玲，就把这个交给她女儿；如果没有这个机会，就留给我做个纪念吧。虽然我不认识她的女儿，也不知道是否会有缘遇到她，这个托付我也只得默默地接受了。

我把那个弥勒佛握在手心，真心希望阿菊能度出苦海。

2017年12月

你是我的儿子

　　我的四哥在四岁多点的年纪死过一次。

　　那天夜里，玩了一天的四哥早早睡下了。三更时分，四哥梦见自己跟着街上的小伙伴们在玩耍。内急的四哥匆匆走进街边的菜园里撒尿，尿水冲刷着旁边泥墙上的一个小洞，一会儿小洞变成了大窟窿，接着整排墙体就倒塌下来，重重地压在四哥身上。他想跑，跑不了；想哭，又没人能听见，就这样一直被压着，半点动弹不得。这个时候，四哥在噩梦中惊醒。他大汗淋漓，气喘吁吁，想叫醒母亲，可喊了几声都没有听到回答，于是放声大哭起来。

　　母亲朦胧中听到四哥的哭声就问他为什么哭。

　　四哥说："妈，我做了个梦，有样东西倒下来，压着我的翅膀，好痛啊！"

　　睡意绵绵的母亲没有在意四哥的梦话，她迷迷糊糊地训斥四哥："好好睡，别胡说。"说完又睡过去了。

黑暗中四哥瞪着眼睛，久久发呆，可什么也没有看到。梦境渐渐淡去，四哥汗湿的身子慢慢干爽了。一些老鼠在墙角里跑来跑去，发出"唧唧吱吱"的声音。没多久，四哥也不知不觉地睡过去了。

第二天起来，梦中的场景消失得无影无踪。四哥根本记不得自己头天晚上的梦话了。母亲则是在几天以后才突然记起四哥的梦话，但那天早上，她还是像往常一样去参加生产队的劳动打谷子去了。父亲则到他的集体糖果店做糖做饼。当天四哥就出事了，这是母亲和父亲都没有想到的。

那是七月里的一个中午，太阳已经明晃晃地照下来了，到处都是热烘烘的。大人们干活去了，只有一些打瞌睡的老人在阴凉处待着，街上显得静悄悄的。母鸡带着孩子们在街头巷尾觅食，街道里响起几个小屁孩的叫喊声，显得很空旷。斌哥无疑是这帮小屁孩的头头，他只有七岁。而跟在他身后的都是五六岁的小孩，四哥是其中最小的一个。他们就在家门口左右一段几十米长的街上玩，像一群放养的鸭子，嘎嘎叫着。他们一会儿跑东，一会儿跑西，一会儿钻进你家躲，一会儿钻到他家藏，不知疲倦的样子。四哥毕竟才四岁多一点，跟不了他们这样跑来跑去。

累了的四哥回到家门口的石阶上坐下来休息。斌哥家在我们家对面，中间是一条窄小的街道。一只红色的蜻蜓优哉游哉地在四哥眼前飞来飞去，他几次想捉，可就是捉不住。最后蜻蜓落在对门斌哥家堂屋的香案上。在中午阳光的映衬下，房子里面显得有些阴暗。但一束阳光从瓦缝里穿堂而过，打在香案上，像一块明亮的镜子，贴在上面。蜻蜓就伏在"镜子"的中间，那场景宛若一幅漂亮的画。四哥见蜻蜓不动了，就打算捉来玩耍。由于他个头矮小，够不着蜻蜓，于是他想站上香案下面的柜台。他找来一张小木凳踩上去，使劲拉住柜台的把手。由于重心不稳，小木凳翻了。一时间，柜台和他一起倒下，柜台重重地压在四哥的身上。他想撑起来，可哪里撑得动。他想喊叫，又喊不出来，硬生生地被压在那里。斌哥他们发现时，四哥几乎一动不动了。几个小屁孩想把柜台抬起来，可根本无法挪动。

受到刺激的四哥，双脚不经意地抖动了几下，反倒吓得孩子们一窝蜂跑散了。

正一脸惊愕与迷茫的斌哥看见朱叔挑着谷子走进街口，就跑过去求援。

朱叔立马放下百十斤的担子，用别在裤腰上的手帕揩了一下汗津津的脸，快步来到斌哥家堂屋。朱叔快速地把柜台挪到了一边。

此时四哥的头部因为长时间被压迫，像一只扁平的橄榄球，而且有原来的两倍大，耳朵里面还渗出一点点血迹来，整个身子像一只干瘪瘦小的青蛙，冰凉冰凉的。

朱叔用手在四哥的鼻子下面探了探，摇了摇头说："完了，没有气了。"又转过身对斌哥他们说，"你们快点去告知他家大人们吧。"说完，又继续去晒刚刚挑回来的谷子了。

父亲他们的糖果店在西街的后山脚下，是介于国营与个体之间的合作社，是由一群专门从事做糖打饼的手艺人凑成的小集体。斌哥跑到糖果店时，看见我父亲正在做一锅姜糖。先是把糖放在锅里煮化，放入合适比例的姜水熬到一定的黏度后，就连锅端起来放进一口更大的锅中。大锅里面盛着冷水，不断旋转装着糖浆的小锅，糖浆在旋转中渐渐凉下来时，又摊大饼似的结在锅中，像块透明的琥珀。父亲迅速将它们卷起来挂在木钩上，木钩在父亲齐胸高的位置，被固定在一根木桩上。父亲的左右手分别抓住糖的两头，开始拉扯姜糖了。此时的糖块又软和温度又高。拉糖的人既要有臂力，又要不怕烫。父亲像个指挥家一样，将糖的两头拉开到最大限度，然后合二为一。父亲的左手抓住糖的一头，右手抓住中间部分，将它们拧成一股又挂在木钩上拉扯。如此反复，一块糖变成一股糖，一股糖又被分成两股糖。父亲像玩魔术一样，将两股糖分分合合，合合分分，为的是把糖拉得有韧性。糖的味道伴随着姜的香味弥漫在空气中，刺激着斌哥的味蕾，使得他不停地吞口水，他已经忘记自己来这里的目的了。

此时，父亲才看见斌哥，就问四哥怎么不和他一同来。

那时候父亲已把拉好的糖放在案板上了，父亲的同事们正在趁着姜糖冷却前将它们捏造成各种各样的动物，有小鸟、小鱼、小鸡、小鸭、小狗等，还有各种各样的水果的模样。斌哥结结巴巴地讲了三遍，父亲才明白过来。

父亲急忙脱下围裙对同事们说："我家老四闯祸了，我要回去一下。"说完就往家里赶。斌哥跟在他后面跑。

四哥出事的消息不胫而走。父亲赶回家时，斌哥家的门口已经围满了前来看热闹的街坊邻里。大家都摇头叹息说："没有救了！没有救了！"

见父亲回来了，大家都自觉让他进去。

此时的四哥还是像刚才的样子，躺在地上。最明显的是那个扁平的橄榄球似的脑袋，完全变了形。尽管是大热天，父亲还是打了个寒噤。

父亲一边叫着四哥，一边将他抱起来。父亲的手明显有些颤抖，声音也有点哽住了。无奈的父亲只好抱着四哥坐在家门口的石阶上。不断有人过来问是怎么回事。父亲都没有说话，倒是围观的人讲解着发生的事情。父亲也渐渐知道了事情的原委。这时有人提醒父亲，让父亲带四哥去卫生院看看。父亲才如梦初醒似的抱着四哥去卫生院。一群孩子跟在后面去看热闹。

母亲属于街四队的社员。街四队的田地大都聚集在小镇西北面的矮山周围。走出街头，往西北方向一带，几乎全是街四队的稻田。此时的稻田像一张巨大的黄绿交错地毯，一派丰收在望的景象。黄澄澄的是已经成熟的稻子，由绿变黄的是即将成熟的稻子。当人们把成熟的稻田收割完时，那些前几天还由绿泛黄的稻田也成熟了。在二十来天的日子里，人们抢收抢种，俗称"双抢"，是农人一年中最忙碌的时节。稻田里不断传来打谷的声音和一些人的喊叫声。那时候打谷机还是稀有物，用的是木头做的谷桶脱粒。男劳力们大都打着赤膊，汗水在阳光下闪闪发亮。他们手握稻穗，狠狠地抽向又大又方的谷桶桶壁，稻谷就脱粒了。稻田里也因此传来"嘭嘭嘭"的打谷声，此起彼伏。一般来说，男劳力们负责脱粒，女人们只负责割稻子。

割稻谷时，人要弯腰，汗水也会流满面颊。母亲不时地直起腰杆，揩一把脸上的汗水。这一次伸直起来，她仿佛听到有人在喊自己。她又认真地听了一下，还真是在喊自己。

原来是街上的李嫂站在田埂的那边，隔着好几块田的距离，扯起嗓子朝母亲所在的稻田不停地吼："莲嫂！你还打什么谷子哟！你家老四被柜台压死了！你赶快回去看啊——"

听到李嫂的声音，母亲像被电击一样，感到一阵眩晕。她什么也顾不上就往家里赶。

母亲走到街口，四哥出事的消息像风一样一股一股地向她扑面而来。几乎所有认识母亲的人都要告知她这个消息。母亲的心一直提到嗓子眼，她只是尴尬地向他们苦笑，因为脑子里是一片空白。尽管母亲劳动的地方离家也就五六里路，可母亲感觉这是她一生中走过的最远最远的距离。

那时候，我们小镇上的卫生院在街头的最西面，门口有几棵高大的梧桐树，显得有点荒凉。说是卫生院，其实就是一排破旧仓库改造而成的诊所而已。平时就几个"赤脚医生"轮流坐诊，缺医少药，根本治疗不了什么危难病人。

那天是李医生当班，听着窗外有气无力的蝉鸣，天气炎热，又很无聊，李医生都有点打瞌睡时，就看见父亲抱着四哥急匆匆地进来了。

李医生看到四哥的模样，大吃一惊。他从医时间不算短，但还从来没有看见过如此的病例。他让父亲把四哥放在木条凳上，一边问父亲是怎么回事，一边拿听诊器给四哥听诊。

父亲在一旁，按照听来的经过讲了一遍，说得也不是太清楚，

有时又答非所问。

李医生听诊后,如释重负地叹了口气。他随后摸了摸四哥的脉搏,又翻了翻四哥的眼睑,说:"带回去吧!没有救了!"

父亲像大热天里被浇了一缸冰水一样,一时间不知所措。

李医生又重复说了两遍,然后就坐在一旁抽烟了。

母亲回到家里,看不见四哥。有人告诉母亲,父亲已带四哥上卫生院了。

母亲赶到卫生院时,看见父亲抱着四哥坐在卫生院的门口,一脸无奈的样子。一群小屁孩们围着父亲陪在那里。他不知道该怎么办,留在卫生院医生又不收,回去又有点不忍心,实在拿不出什么主意。

看见母亲来了,父亲好像见到救星一样。

母亲一边问明情况,一边接手父亲抱起四哥。母亲不停地低声呼唤四哥,可四哥像坠入一个沉沉的梦境一般,任凭母亲千呼万唤,一点反应都没有。卫生院不接收四哥,可母亲觉得四哥的身体很软,还有微弱的气息。母亲去找了李医生求情。

李医生说:"我们医院没有条件,也没有办法了。放在医院也还是等死的。我劝你们还是回家去,尽快地处理后事,免得天气炎热,很容易发臭的。"

母亲央求李医生给四哥打一针,哪怕死马当成活马医也好。

"你们医也是没有用的,还要白白浪费钱财。"李医生说,"再说,这个针是不能乱打的。本来他就要死了,若是你说是我打针把他打死的话,我可担不起这个责任。"他停了一下又说,"你们的心情我理解,但我还是劝你们回去算了,该干什么就干什么了。反正你这个儿子是死定了。即使退一万步说，他要是抢救过来也是废了，不会健康长大的，以后还会拖累你们。我话说到这一步，你们总该明白了吧？"

父亲和母亲只得无奈地往家里走了。

黄昏时分，围观在我们家门口看热闹的人也散尽了。四哥躺在堂屋的大椿凳上，还是那种难看的样子。父亲坐在一旁抽烟。母亲不时走过去凑近四哥的耳朵呼唤他，又用手探探四哥的鼻子，看看还有没有气息。可四哥像个植物人似的，什么反应也没有。

从卫生院回到家里，要穿过长长的西街，不断有人出来打听四哥的情况。父亲只能说卫生院都不收治四哥了。当他们看到四哥的模样时，都被吓了一跳。很多人都劝父母看开一点，反正还有几个儿子。父亲每回答一遍，悲观的情绪就会往外蔓延一些。最后，回到家里父亲和母亲因为意见不合而争执起来了。

父亲接受了医生的建议，放弃治疗，尽快准备后事。

而母亲坚决不同意，理由很简单：四哥的身体还是软和的，也还有气息。就像在睡梦中一样，他总会醒过来的。

父亲说："如果能救治的话，为什么卫生院不收治了？"

母亲说："这里不收治，我就上县城去。天下那么大，总有一个医院收治他的吧。"

父亲说："上县城治疗？亏你说得出来。讲得真简单，我们怎样才能去县城？"

母亲说："办法是人想出来的。"

两人你一言我一语地争吵着。父亲说母亲固执。母亲则说父亲不要良心。

回到家里，趁母亲上茅厕时，父亲把四哥抱到我们家后面菜园的柚子树下摆着，打算把四哥晾在那里。

母亲回来后，不见了四哥与父亲的踪影，就到屋后去寻找。看见父亲蹲在后园的柚子树下抽烟，旁边躺着四哥。

母亲一下子大发雷霆，她迅速跑到柚子树下将四哥抱起来，一边骂着父亲，一边回到家里。母亲在气头上骂得非常难听。父亲想辩解，可又找不到理由。

父亲说："现在是忙碌的季节，哪里还有心思服侍这个死人啊！"他停了一下，又说，"再说了，我们根本没有钱！"

最后这句话，父亲终于道出了实情。

"不是你身上掉下来的肉，你根本不晓得心疼！"母亲说，"只要还有一口气，我都要想办法！何况现在还没有断气，你就打算撒脱了？你就是这样当老子的？"

父亲没有说话，只好依着母亲，把四哥摆放在家里堂屋的大椿凳上，坐在一旁抽烟。

外面的天色也渐渐暗下来了。

当天晚上，不断有亲朋好友、左邻右舍上门来探望。我们家的堂屋坐满了人。堂屋中间的桌子上燃着一盏煤油灯。大家一边安慰父亲和母亲，一边要他们做好准备。父亲有五个儿子，在四哥上面有三个，四哥下来则是我。此时的父亲感到多一个或少一个儿子关系都不是很大，何况四哥还没有长大成人呢。再说了，救活过来变成傻子或者残疾了反而更加难办，长痛不如短痛。所以父亲显得漫不经心起来，表情也不是那么可怜了。

我们家族的伯母来了。她一进门，就泪眼婆娑地说："造孽啊！造孽啊！"

母亲反倒劝伯母不要哭，事情已经明摆在这里了，哭还有什么用？还不如尽快想想办法。

伯母也劝母亲："管他了，忍痛掐断一条肠子算了，免得以后会给你们带来更大的麻烦。"

好几个人都回应"是啊是啊"。

母亲的表情有些严峻。

伯母又哭哭啼啼："除非去县城的大医院去治疗，可那样得花多少钱啊！还是放在家里挨吧，挨到断气也可以安心了。"

大多数亲朋好友、街坊邻里也都是这个意思。只有我的大舅懂得母亲是个倔性子，一旦认定的事情就是九牛也拉不回头的。

大舅说："在家里挨也不是个好办法。要么就上县城的医院去搏一搏，兴许还有点用处。"

有人说："以后落下终身残疾又怎么办呢？"

又有人说："挨过今夜吧！如果明天还有气的话，再搏一搏也不迟。不过，到时怕人财两空，就成冤大头了。"

夜渐渐深了，亲朋好友们也陆续离开我们家了。煤油灯的油少了，变得忽明忽暗的。母亲添了灯油，挑了灯芯，堂屋一下子变得明亮起来了。

母亲什么话也不说，每过一阵子，她都要去四哥耳朵边呼唤他。

父亲找来几个原来装肥皂的空箱子，把它们一一拆开，其实就

是一堆松柏树的板皮。

母亲问父亲："你这是干什么？"

父亲说："总得有所准备，不然明天一大早的恐怕来不及了。"

父亲要为四哥做一副"火板"。我们这里有个说法，夭折的孩子是不能用棺材的，再说也不可能买得起棺材。孩子夭折了，就用他睡过的席子一卷，拎到荒郊野外一埋，就完事了。如果实在过意不去就钉一个木匣子，俗称"火板"。把夭折的孩子装在里面，像模像样地葬了，为人父母也安心了。父亲翻出铁锤、铁钳、锯子，在一旁敲敲打打、钉钉锤锤。父亲一边一拃一拃地量着躺在椿凳上的四哥，然后又一拃一拃地量松柏板皮。父亲先是钉好一个长方形的框架，然后再用板皮把四周封好，把多余的部分锯掉。上面的盖子还安装了一副合页，开关自如。父亲用心做着，尽量做得扎实一些。父亲连板皮上的节疤也剔除了，为的是更加光滑，好让四哥躺在里面更舒坦一些。父亲甚至还找来油漆，在"火板"四周画上一些花花草草。

母亲拉过一张竹椅坐在四哥的旁边，对四哥说："四儿，好好睡吧，明天我带你去县城的大医院看看。"

整个夜晚，父亲为四哥做"火板"而敲敲打打弄出来的声响，与母亲不时在四哥耳边的呼唤声交织在一起，此起彼伏，飘荡在街道上，久久不息。

堂屋的油灯在静静燃烧着，从灯罩上冒出来的油烟，混合着油漆味将家里面弄出一股难闻的味道。

从我们小镇到县城差不多七十里路，当时还没有完全通汽车。如果上县城就得到十二里外的一个路口候车，等候路过的车子，但等车还得看运气。一般人上县城都是走路去的，少数的人能踩单车上县城。所以普通人对县城的印象还是非常遥远的，很多人活到老了也没能上过一次县城。而那天母亲背着四哥，走了八九个小时才到达县城。这也是母亲第一次去县城。当时父亲四十一岁，而母亲也才三十七岁。

头天晚上，母亲几乎没有合眼。她搜遍家里的每个角落，也只有二十块钱，而且还有很多是零散的角币分币。天刚蒙蒙亮，母亲就收拾好了东西。她让父亲在家里借钱，借到后立马送去县城。她自己则用背带将四哥背在背上，先上县城了。母亲一边走，一边与背上的四哥说话，尽管四哥没有反应，可母亲就是不停地跟他说话。母亲的胸前挂着一个布口袋，里面是些衣物，手里拿着家里唯一的油纸伞，太阳还没有出来时就上路了。她要赶在太阳出来之前走一段路，因为太阳的曝晒，对已经昏迷不醒的四哥无疑雪上加霜。

母亲在太阳刚刚爬上山头时走到了十二里外的路口，那里有个凉亭，一个老阿婆在那里卖粥和茶水。母亲在那里歇脚，喝一碗粥，顺便打听去县城的情况。老阿婆知道了母亲的处境，坚决不收母亲的粥钱。母亲感激地向阿婆道别，又朝县城的方向走去。她怕等车耽误时间，就打算在半路招手拦车，如果有车经过的话。此时太阳出来了，空气一下子就变得热烘烘的了。母亲打开油纸雨伞，在那条简易的乡村公路上踽踽独行。半路上，母亲还真的搭了一段顺风车。那是一辆拉煤的车子，母亲招手后就停了下来。司机问明情况后就让母亲上车，可惜的是只搭了几里路而已，车子要去水泥厂，与县城不是一个方向，母亲不得不下车了。母亲第二次招手拦车时，就没有那么幸运了。那是一辆上县城的货车，本来已经停下来了，可司机一看见四哥的模样就拒绝了。尽管母亲求情了，可司机害怕四哥死在车上会不吉利，所以踩了一脚油门，货车飞快地跑起来，留下一路遮天蔽日的黄尘。母亲无可奈何，继续在烈日的炙烤下，在发烫的路面歇歇停停。母亲有时躲在路边的树荫下歇息，给四哥喂水；有时在路边的风雨亭里休息，喝一口茶水。路边树上的蝉，从早上开始就不停地地叫着。太阳一直悬挂在那里，把巨大的热量释放出来。母亲的衣裳湿了又干，干了又湿，留下白色汗渍。母亲和四哥到达县城时，已是下午四五点钟的光景了。人生地不熟的母亲一边打听县医院在哪里，一边朝着人们指的方向行走。当好不容易找到医院时，医生们早已经下班回家了。

母亲见人就问，最后总算问到一个准备值夜班的医生。母亲想让四哥尽快住院治疗，可得到的答复是，必须凑足住院的押金后才能进院。这是规定，他也没有办法。唯一的办法是尽快地筹到钱。

入夜，母亲想在医院大堂的排凳上休息，可人家不让。她到门口骑楼下面的廊檐待着。母亲不敢离开医院，她想四哥要死也死在医院，死在医院也总比死在外面要好。四哥像一个木偶一样，任凭母亲摆布。除了母亲喂水四哥会无意识地咽下外，其他方面一点知觉都没有。医院的蚊子又大又多，而且很饿，叮人特别的狠。稍不留意，人就被蚊子叮咬得发痛发痒。母亲只得把四哥和自己包裹得严严实实的。人们来来往往，根本没有在意他们两人的存在。走了一天的母亲实在是太困乏了，几乎来不及想什么就在廊檐下睡了过去。

　　第二天早上，母亲急得像热锅上的蚂蚁，不停地在医院的大门进进出出，不断地朝着我们家的方向望来望去。天空很蓝，太阳如炽，一群鸟像箭一般飞过母亲的头顶。母亲在等待着父亲送来救命钱，她恨不得也有一双翅膀，能飞回家催促父亲快一点。很多人都看见母亲这个乡下女人，背着一个不幸的儿子焦急等待。一些同情她的妇女都劝母亲放弃算了，免得花冤枉钱。她们都感觉四哥早已经死在母亲的背上了，只是母亲没有察觉而已，或者只是母亲一直幻觉儿子还有生命迹象罢了。她们在私下里小声议论着，甚至都有人认为母亲的精神已经出现问题了。可母亲根本不管这些同情与白眼。累了，母亲就在廊檐上坐下，把四哥从背上解下来抱在怀里，不停地对四哥说话。母亲的举动断断续续引来不少人的围观，人们像看杂耍一样地看着母亲自言自语。

　　中午时分，母亲到菜市场想买一根猪骨头煨汤给四哥。她怕四哥的样子吓着人家，就用衣服将四哥盖起来。在市场上有病人的家属认出了母亲，可母亲不认识她们。不知怎么的，母亲背着一个死婴的消息一下子传遍了整个菜市场。大家都感到很恐惧，都对母亲警惕起来，尽量回避她。母亲刚开始还没有察觉，她在市场里转了好几圈。但渐渐地，母亲感觉到了人家对她的躲避。不管母亲走到哪里，大家都害怕得躲在一边。她想摸人家的东西，人家也不让，仿佛她得了传染病一样。人们的眼睛都盯着母亲背带里的东西，好像里面装的是定时炸弹，一不小心就会爆炸。母亲终于看懂了人们怪异的目光。

好在有一个胆大的摊主对母亲说："人姐，你也不必挑来选去的了。想买我就送给你吧。"说完将一根带有不少猪肉的骨头送给了母亲。母亲感激涕零，匆匆地离开了菜市场。

医院有一个伙房是专门供住院的病人家属煮东西用的，一天二十四小时都可以用，烧的是煤炭。整个下午，母亲都在熬那根骨头。那锅骨头汤成了四哥的生命之汁。母亲用调羹一点点地把汤滴进四哥的嘴角。大家对母亲的举动已经没有了兴趣，也不再感到惊奇了。

母亲上县城后，尽管父亲有点不情愿，但还是到处去借钱，他要尽量在这两天内把钱借到手。父亲把所有的亲朋好友都在脑子里过了一遍，估计谁家的能力有多大，然后一家一家地登门借钱。有的人家白天不在家，到了晚上才能借到；有的要跑好几次才能见到面。尽管大家都知道我们家发生的事情，可父亲还是要说明借钱的原因。父亲唇干舌燥，嗓音嘶哑，一脸的谦卑，甚至都低声下气了。父亲把事先写好的借条拿在手上，待亲朋好友同意数额后就填写上去。借条上写明还债时间在当年的冬至前后，等家里的猪够秤出栏，卖给食品站时统一归还。父亲把一张张的借条交出去，仿佛看到冬至后，家里的那两头猪被一块块地割下肉来归还给亲朋好友。就这样，两天下来，十块八块地凑数，父亲终于凑到了预期的借款。

父亲还借了一架单车，是父亲的发小驹叔的，也是我们街上不多的几辆单车之一。驹叔在县里的酒厂当工人，专门买了一辆单车方便星期天回来探亲。单车也有一定的年头了，每次驹叔往返县城，总要带一个工具包，以防车子半路有了毛病，好就地修理。那天早上，父亲也用背带把我背在背后，也是天还蒙蒙亮就向着县城出发了。驹叔的那辆单车走一段路程后，链子就会掉出来。父亲得下车来装链子。可没骑多远，链子又掉了，父亲又要下来重装一次。就这样，走走停停，停停走走。父亲的注意力全在骑车上，我则在他身后摇来晃去的，倍受折磨。

中午时分，到了县城，父亲径直往医院赶，在医院门前的骑楼廊檐下，见到了已经等得烦躁不安的母亲。

交了押金，入住医院后，母亲认为四哥终于躺在了安全的避风港，焦虑的情绪这才缓解。

四哥的命中注定遇上贵人。刚好那几天北京的医疗队下到"老、少、边、山、穷"的地区为群众开展义诊的活动，就像很多年后的文化、科技、医疗"三下乡"一样。他们像一群从天而降的白衣天使，为缺医少药的地区带去福音。

母亲抱着四哥出现在北京医疗队的面前时，他们惊呆了。刚开始他们还以为四哥是个畸形儿，待了解真相后，他们都感到生命有时就是一种奇迹。因为他们想象不到，一个脑袋被压迫到如此地步、长时间未得到救治的小孩竟然还没有死。

那个讲话时舌头打卷的医疗队长冯医生当即决定会诊。他们都操着地道的普通话，在四哥的床边默契地开展全力的救治。尽管父亲母亲不完全能听懂医生们讲的话，但深深地感谢着白衣天使们。

四哥的"橄榄球脑袋"很快就恢复到正常的样子了。那天半夜，昏迷了七天七夜，在死亡边缘一次次游荡徘徊的四哥有了知觉。当时，我睡在病床上的另一头，父亲和母亲两人轮流守护在病床旁边。我在睡着时尿床了。那是一泡的尿水，一直流到四哥的脚下，他的那双小脚丫感受到了我尿水的温度，而且他还知道是我拉尿在床上的。

四哥又一次像在梦中一样说："妈，弟弟拉尿在床了。"

几天几夜以来，母亲承受着精神与肉体上的巨大折磨，她实在是太困倦了，即使轮到她守夜，也忍不住闭了一会儿眼睛。尽管四哥的声音不是很高，可母亲在半睡眠的状态中还是听到了四哥说话。母亲一个激灵，清醒过来，看到我真的拉尿在床，而且弄湿了四哥睡觉的地方。母亲的第一个反应是，四哥终于有知觉了！清醒过来了！她激动地呼唤四哥。四哥应答了母亲一声。母亲怕是自己的幻觉，又叫了四哥一声，四哥又回应了母亲。母亲把父亲也叫醒了。

这些天来，母亲一直那么坚强，从来没有流过一滴泪水，可此时，四哥那一声柔软的应答，像子弹一样击穿母亲的心扉，她再也无法控制自己，眼泪哗哗地流淌出来。

几天以后，四哥康复得出奇的快。这一切就像做了一个长长的梦，梦醒了，一切烦恼与痛苦全都烟消云散了。

这是很多年前发生在我家的故事，当时我才一岁左右。之所以现在能如此细致清晰地记录下来，是因为在我成长的过程中不断听到母亲的讲述，场景与细节几乎历历在目。由于母亲的悉心照料，四哥不但没有留下半点后遗症，反而更加聪明，成为我们这里远近闻名的计算机高手。母亲经常说，如果当时不去县城的话，肯定会错过北京来的医疗队，那么四哥的命运可能要改写了。而如果按照父亲的意思，四哥也早已不知被扔到哪个荒郊野岭了。我经常想象家里发生这场重大变故的前前后后，既觉得不可思议，又百思而不得其解。倒是有一次四哥和母亲的对话让我豁然开朗了。

四哥问母亲："妈，当时我们家兄弟这么多，为什么你都没有放弃救治我的念头呢？"

母亲说："因为你也是我的儿子，好比五个长短不一的手指，任何一个都连着我的心呀。"

四哥又问："你怎么晓得我会活下来呢？"

母亲淡淡地答："是希望。"

2016年8月

●

落
幕

一

那天上午，我没有像往常一样走的原因是，头天晚上喝了太多的酒。虽说已经经过一晚上的代谢，可残存在体内的酒精依然在发挥作用，如果此时开车上路，也许还算是酒驾。这种状态下，我的话头就多了，和陈媚在办公室聊天，就是那种天南地北没有笼头野马似的瞎聊。其实大多时间是我一人在滔滔不绝、口若悬河地说，有点儿像一个疯子，不管别人听与不听，就把话匣子打开了。陈媚已习惯微笑着听我讲话，只是偶尔插上几句。

我们在聊天的时候，突然有个声音喊我，而且叫的是我的小名。我一看，见凤姑笑着站在门口，便连忙招呼她进来。

坐定后，我从旁边的箱子里拿出一瓶矿泉水递给她喝。我问她怎么会到这里来呢？凤姑说："我来看你一下都不行吗？"我说:"行行行。"凤姑又问:"你们单位就两个人?"我说:"是呀,一个负责人,一个办事员。"凤姑说:"人多好过年,人少好分钱。人少才好嘛!"我说:"好不好都是这样,不过混日子罢了。"凤姑说:"你也太小看自己了。你现在可是我们街上的名人呀。"我开玩笑地说:"可能是喝酒出名的吧?"凤姑连忙说:"不不不,是写文章出名的。"

我们都笑了起来。

我知道,一般不会有人来找我们文联的,都是有事情才会来。不是因为我们的部门重要,相反是因为太不起眼了。我没有想到的是,凤姑东扯西扯地聊开后,就没有边际了。说到我的童年,说到我们街上的典故,说到一些家长里短,但说得最多的还是唱戏方面的往事。我不停地喝水,上了好几次卫生间后,凤姑才把此行的目的说出来了。我打算中午请凤姑吃饭,可她推辞了。

凤姑临走时说:"小五,无论怎么样,你都要帮我的忙。我们一定要参加这次比赛。"

我点头答应,并做出保证后,她才依依不舍地离开,末了还甩出一句:"我还要再来找你的。"

我说一定会竭尽全力帮助她的,请她放心好了。

凤姑对我做了个调皮的鬼脸,挥挥手,说了声:"拜拜!"走了。

原来凤姑去县文化馆报名,想参加市里举办的"三区"人才培训"小戏小品成果展"。"三区"即边远贫困地区、边疆民族地区和革命老区。她去报名却吃了闭门羹,那边说是名额满了,她想让我去帮忙说情。我说这个好办。因为现在的文化馆馆长曾和我是同事，而且关系不错，她后来转到文化馆，而我则到了文联。我想报个名参赛，这种事情太小意思了，他们鼓励还来不及呢。

我问凤姑准备报什么剧目参赛。

凤姑说："桂剧《小放牛》。因为比赛时间限制在十五分钟以内，我精减压缩一下，紧凑一点，十二三分钟可以演完。正好。"

我说："好，肯定可以。"

凤姑走后，一直坐在办公室插不上话的陈媚说："老师，这个阿姨好有气质，穿着打扮还挺潮的，举手投足有模有样，年轻时一定是个大美人。"

我说："按现在的话说，她年轻时是很多男人的梦中情人。她那骨子里透露出来的东西，没有几十年的工夫，是无法修炼到那种地步的。"

"阿姨的皮肤保养得好好哟！"陈媚说。

"天生丽质嘛！"我说。

陈媚问我，阿姨怎么叫我小五呢？我说是因为我在家里排行第五的缘故，在老家街上大家都这么叫的，算小名吧。

我又和陈媚聊开了。

凤姑是我们街上的名人。我老家乡下小镇就两条街。生活在这个小镇上的人大多数都相互认识，见了面总免不了要打声招呼。一般来说，以父母亲的年龄为参照，不是称作伯伯、叔叔、姑姑，就是姨妈、嬢嬢、舅舅，再年长一些的就称为阿公阿婆。凤姑家离我家老屋不远，她是看着我们长大的，我从小就一直叫她凤姑。她经常来我家，一边帮助我母亲包粽子，一边向母亲讨教腌酸的技术。我母亲也是摆摊的，以卖粽子、糍粑、油团、甜酒等小吃为生。凤姑会忙里偷闲地过来协助母亲，母亲当然就毫无保留地把腌酸技术传授给她了。到了晚上，我家就热闹起来了。父亲与剧团戏友们对戏，凤姑来跟着父亲他们一起学唱戏。她一学就会，很快就成为我们街上剧团的台柱了。凤姑中等身材，是个美人坯子。她的头发微微自然卷曲，面容姣好，扮相端庄俏丽。更难得的是她嗓音清脆明亮，表演起来细腻到位，优美动人。尤其在她以目传情时，纤纤玉手比着兰花指的形象，一直刻在我的记忆里。她这样的条件，对我们那的剧团来说无疑是非常难得的。凤姑年轻时，县里的剧团也曾看中过她，无奈因为家庭成分问题未能如愿。等到不讲家庭成分问题时，她的年龄又过垄了。我看过她扮演的很多角色，穆桂英、升平公主、萧桂英、张生、春草、许仙、白娘子、杨排风等，无论旦角还是生角，她都能出演，而且把握得非常准确。我最喜欢的是她在《拾玉镯》里扮演的孙玉姣，她把一个少女的春心演得活灵活现。她的眼睛似乎会说话，有些男人只要被她看上一眼，似乎魂魄都被勾走了。正因如此，不知害得我们街上的多少男人咽下单相思的苦水。她平时就靠摆摊卖酸养活一家，生意非常红火，天天门庭若市。大多数人是因为她的酸确实好吃而去买，可也有不少的人只是为了看她一眼，或者是能与她说上两句话而已。所以，她的摊位一天到晚都有些男男女女陪着。他们不是帮忙看摊，就是在一旁打毛衣和她聊天。有时不摆摊的话，凤姑就专心唱戏、耍文场。只要她在场，都是人挤人地围观。看她演戏，可以大饱眼福和耳福，这在那个时代应该是一种高级的享受了。几十年就这么过了，眼下虽然凤姑一把年纪了，但只要谈起演戏、谈起文场，她马上变得容光焕发、精神抖擞，仿佛换了个人似的。

二

文化馆在文化大院内办公。文化大院包括了剧团、图书馆、文物所以及新华书店的一些仓库。那里曾是人们心目中神圣的地方，因为进进出出的都是"文化人"。多年前，我也曾居住在文化大院内，调到文联后，就搬出来了。刚开始几年，我还经常去那边走走玩玩，后来，时过境迁，曾与我共事的人差不多都被分流出来了，我到那边的次数就渐渐减少到几乎没有了。偶尔路过门口，想进去看一下，又觉得进去也没有什么意思，就掉头走了。现在掐指一算，我离开这个大院已将近二十年，足够一代人的成长了。

如今走进文化大院，感觉既熟悉又陌生。当年，我还待在剧团时，文化馆仅有一座两层的办公楼，而今又添了两栋新楼房。剧团的排练场还在原来的地方，只是变成高楼大厦了。不过，一丝熟悉的气息还在，但又不是从前的了。我像回到一个离开很久的村子一样，以为别人还认识我，可人家问我是来找谁的。上了楼，按照指示牌，我径直走到馆长办公室门前，看见余馆长正在电脑上看着什么。

我故意叫了声："余馆长好。"

馆长一惊，转头见是我，就笑了起来。"咦，什么风把你吹来的？你高升了也不回来看看，都忘记我们了。"

我说："这不就回来了嘛！"

馆长给我，倒了茶。我坐下后与馆长寒暄一阵后，就直接问了关于"三区"人才演出比赛的事宜，讲了凤姑的事情。

余馆长对我说："讲老实话，不是我不让他们报名，实则是怕他们出事，才推说名额满了。你想想，他们的年纪都那么大了，万一有个意外，我怕担不起这个责任。"

她的话，倒是提醒了我。我大概估算了下，凤姑至少有七十五岁了。我们街上剧团那几个人，和她的年纪都是不相上下的，有的还年长些。余馆长的担心不是没有道理。可我在凤姑面前曾夸下海口，她又是如此的热心执拗，我总得给她个说法。

余馆长说："其实你们文联也可以帮她报名的，以你们的名义推荐，我统一报上去。但他们各方面的事情就由你们负责。"

我说："好吧，就以我们文联的名义报吧。"

"这样就两全其美了。"馆长说。

"好。你把演出的方案给我，我好调配时间。"我说。

馆长把此次演出的方案复印了一份给我。

距离比赛还有一个半月的时间，完全来得及。

我对陈媚说："就把这当作是我们今年的一个工作任务来做吧。"

我在电话里通知凤姑，说已经帮她报名了，算我们文联推送的剧目。凤姑高兴得不得了。

她说："其实你早就应该帮我了。"

我说："有什么困难就讲吧，能支持的我们尽量支持。虽然我们文联能力有限，但可以保证的是，你们去市里比赛往返的车费和住宿费我们一定负责。至于其他的问题，我们一起商量解决吧。"

电话那头凤姑笑得咳嗽了起来，连说了几个"好好好"。

三

凤姑可以说是我们街上剧团的活招牌。老百姓看戏，就是喜欢冲着某个角色去看，哪怕是连续几个晚上同看一出戏也要看，然后比较每场戏的异同，铁杆的戏迷会听出今晚哪句唱腔不如昨晚的好。生书熟戏嘛，戏越看越熟，也越来越能品出其中的味道。那时候，逢年过节我们街上都要唱戏热闹，免得日子太冷清了。因为当时播放的电影很少，电视机也几乎没有见过，听戏就成为我们最期待的事情了。尤其是春节期间，白天晚上都要听戏，前前后后加起来，起码要听接近一个月的时间。刚开始，舞台设在公社政府门口球场旁边。那里有一块高出地面一米多的几十平方米的空地，在上面搭上一些土架子，挂上幕布就变成了舞台。未开演之前，幕布将舞台遮挡得严严实实的，很是神秘。舞台两边还扎有松门，松门里是两条红色的条幅对联，都是结合时下形势写的。球场及空地自然成了观众区。只要演戏的海报一张贴出来，各家各户早早就会摆起凳子做记号，以便看戏。而周围则是鳞次栉比的水果摊和杂货摊。卖糖饼的、卖水果的、卖瓜子的、卖花生的、卖马蹄的、卖酸的、卖糖水的、卖甘蔗的、卖气球的、卖鞭炮的……应有尽有。一天下来，地上积下一层厚厚的垃圾，尤其以甘蔗渣和瓜子壳居多。踩在上面，好比走在地毯上一样，有一种松松软软的感觉。我对当时的场面记忆犹新，可对传统的戏剧兴趣不是太大，主要是因为当时我正处于青春期阶段，成天想着怎么去玩，看戏只是一个由头而已。我们在人群里穿来钻去，实则是为了逗那些村上来的女孩子。事实上，那种地方也的确成了年轻人谈情说爱的好场所。平时村与村的青年忙于干活，难得见上一面，此时闲下来了，又逢年节，只要两人中意了，他们或许成双成对，或许是三五成群地去另一个地方对歌，以加深对彼此的了解。

几年以后，政府出面，按照"三个一点"（即政府出一点，民间集资一点，在外工作的乡人资助一点）的方式，在街中的小广场边建了一个文化中心。从此，街上就有了一个正式的戏台了。虽然演出的地点变了，但是那种十里八村涌来看戏的热闹氛围没有变。每到逢年过节，这里好比赶庙会一样，人山人海，摩肩接踵，将街中心的小广场挤得水泄不通，都为来看凤姑的表演。那种场景，与时下的明星演唱会没有什么本质的区别。当时演戏，没有卖票，都是靠每家每户自觉捐款的，有些村子也凑钱来看戏。演出的与看戏的，都是两相情愿，都是出自内心的喜爱。有时，一些邻乡邻县的剧团也来交流演出。剧团人员就被安排到各家各户接待。那个时候，我家总是人满为患，吃饭要摆好几大桌。因为我的叔叔回来演出，大家都来到家里和叔叔打招呼。可来了就得坐下来闲聊一下，即使不吃饭喝酒，给来人上碗筷那是必须的。大家相互切磋技艺，颇有普天同庆的感觉。演出结束后，大家又聚在一起，一边吃宵夜，一边总结演出的得失。有人从扮相、嗓音、表演各方面进行比较，最后还是觉得其他地方剧团的演出实力不如我们街上的，和凤姑根本不是一个级别的。其他剧团的人看了凤姑的表演，也不得不佩服。那时的凤姑作为我们街上的一代名角，备受众人仰慕。

不过，这都是20世纪70年代末到80年代初的故事了，也是我们街上剧团最风光的时期。可是，好景不长。到了20世纪90年代，一则是电视、录像、卡拉OK等各种娱乐消遣的方式遍地开花，二则是年轻人都外出打工赚钱，剧团不知不觉间就风流云散了。当时想演一场戏，既没有团队，也没有观众。而凤姑已是奔天命年的人了。街上的文化中心则变成了老年人的俱乐部，这里不再用来排练唱戏，而是当作打牌、搓麻将和下棋的最佳场所。渐渐地，街上很久都没人唱戏了。凤姑和几个热爱唱戏的老友没戏可演，就在家里把演戏变成耍文场了。文场是我们本土的一种艺术样式，在前面加上一个"耍"字，体现出了它的娱乐性。"90后""00后"几乎都不知道什么是桂剧，也别提知道什么是文场了。凤姑她们组建的文场队，只有在街上的白事中才登场亮相。刚开始，也还有些老年听众在一旁看他们耍文场。因为耍文场时，桌面上都要备一些水果、糖饼、香烟、茶水之类的东西，让大家边听边吃，也蛮悠闲的。再后来，白事中棋牌娱乐盛行，将老人的注意力都吸引过去了。而年轻人，不懂凤姑她们耍文场时唱的是什么，感觉是老古板的东西，既不想听，也听不懂。最后，凤姑她们只能落得个自娱自乐了。当然，也并非所有的白事家都需要耍文场，这得看主家的喜好。经济实力强一点的，想把白事办得隆重些、体面些、文雅些，就请凤姑她们去耍文场。因为这既要准备耍文场的地方和糖果、水果、糕点等，还要或多或少地打个封包（当作劳酬）给凤姑他们，总的算下来，起码也要多出一两千块钱。有时县城的一些白事也请凤姑他们去耍文场，因为会耍文场又耍得如此专业的人太少了。因此，凤姑他们的文场队也经常在县内演出。前些年，凤姑成为这方面的"非遗"传承人了，每年可以从政府那里领取到一些津贴，这又大大激励了凤姑的积极性。我经常看到凤姑她们在热闹的白事间，寂寞地耍文场。拉二弦的杨叔的一条腿有些毛病，与凤姑年纪相当；吹笛子的强哥是最年轻的，也差不多六十岁了；打板兼打鼓的秦伯老眼昏花了，有时一边打鼓一边打瞌睡，经常把板和鼓打错；而李伯，一边带孙女一边打钹兼打锣，两头忙；只有弹扬琴的龙叔，认真而专注，还不时提醒大家，像个总导演；凤姑当然是主唱，声音清脆响亮。要文场前，大家要分配一下各自担当角色的唱段。如果哪个嗓子哑了，凤姑一个人就唱几个角色的唱段。凤姑她们轮番练习的大多是传统的桂剧剧目。也有一些人来跟凤姑学戏，为了方便前来学习的人，他们把戏文抄在白色的牛皮布上，挂在墙上，做成合页似的，好一张张地翻开，《辕门斩子》《打金枝》《春草闯堂》《打渔杀家》《黄鹤楼饮宴》《断桥》《西厢记》《十五贯》《四郎探母》《打焦赞》等，应有尽有。很多年以后，我进了小时候梦寐以求的县剧团工作。不过，我不是演员，而是创作人员。后来，我有机会到戏剧学院进修才发现，我们桂剧的大多传统剧目都是从京剧和其他剧种改编的。故事的内容大同小异，生旦净丑样样全，唱念做打（舞）统统有，区别在于唱腔、念白、扮相等。这是后话了。

四

周末，我打算回一趟乡下老家，主要是为了去看凤姑她们。陈媚跟我一同去，这也属于我们的工作。老家离县城不到三十公里，由于正在修建二级路，到处挖得坑坑洼洼的，路边还堆放着不少的石头，路很不好走；加上我拿到驾驶证不久，小车又是刚刚买的，就开得很慢。会车时，我几乎是先停在一边，让别人的车子开过后我才走。陈媚倒不在意我开得快还是慢，一路上，她不停地用手机发微信，在朋友圈晒出看到的风景。陈媚说她也准备去学车了，拿证后就给我开车。我说，两个人轮流开才好，免得累。差不多一个半小时，我们才到老家。我把车子停放在镇政府里面，办公区空荡荡的，也见不到人影，大概都下村工作去了。

陈媚问："老师，我们去哪里？"

我说："先去吃一碗我们街上的特色米粉——大头粉吧。"

陈媚是去年中文系毕业后来到我们文联的。本来我们文联有两个人，去年初退休了一个，年中，陈媚就来到我们单位了。因为这几年，我被邻县一所高校聘请为校外兼职教师，曾经到陈媚的班上上过课，所以她就一直以老师称呼我。我觉得这一切都是缘分。向别人介绍陈媚时，我都自豪地说她是我的学生。

我曾经对陈媚说："文联是几乎不与其他单位打交道的，你不怕寂寞吗？"

她说："只要能看书写作就够了。我就喜欢这份清静，符合我的性格。"

陈媚是那种阳光清秀的女孩，说话温柔甜美，戴着一副无框眼镜，正好衬托出她文文静静的气质。

陈媚是第一次到我们乡下街上，感觉什么都新鲜。我给她讲我们老家的故事。按照口头语说，我们街上其实是一个"戏窝"。20世纪60年代初，全省戏校招生，全地区只有3个人考上，而这3个人竟然全部是我们街上的，我的叔叔就是其中的一员。这个历史追溯起来就比较久远了。反正我们街上，爱唱戏和看戏的人实在是挺多的。平时人们讲话做事，都喜欢引用戏文、戏名或者戏中的人物来比喻。喝酒脸红了，叫红脸关公；脸脏脸黑了，就被形容成包公；煮粥烧水溢出来了叫"水漫金山"；到你家寻你不着，就问你唱哪出"空城计"；卖货卖不完就说"穆桂英大获全胜（剩）"；儿女不孝顺就唱"五子图"，等等。我们街上的剧团都不是职业的演员，有做糖的、卖米粉的、教书的、刻章的、阉猪的、补锅的、弹棉花的、干农活的……各种各样的人都有。闲来无事大家就以唱戏演戏为乐。我有个伯父，非常爱唱戏，可是嗓子不行，只要上台一唱，下面的观众就会发笑，喝倒彩，因此别人不让他上台。但他演戏的欲望非常强烈，内心燃烧的唱戏之火一直没有熄灭，每当有演出时，就化妆等待，希望有人因为意外的原因上不了舞台，自己就可以顶替上去。当然，偶尔也能等到这样的机会，他就兴奋不已。所以他获得了一个外号，叫"萝卜团顶碗"，意思是办酒席时，猪肉不够了，就用萝卜顶替猪肉。这是一个延伸的比喻，可形容得很到位。

到了20世纪70年代末，刚刚搞改革开放，我们街上就恢复了民间的剧团，以唱桂剧为主。大家都推选我父亲为剧团负责人，因为我家有唱戏的传统，资料比较多，获取这方面的信息比别人方便。我祖父曾是这一带有名的唱戏师傅，而叔叔已经在省里的桂剧团工作。小时候的我有个梦想，就是像叔叔一样，当一名演员。为此，我也曾练过一阵子基本功，下腰、踢腿、倒立、一字马、翻筋斗等，我都学了一些。无奈，时运不济，一是我个头长得太矮，二是嗓子变声后就破了，三是我是农业户口，由于这些原因，我连学校的宣传队都没有沾过边，做演员的梦想也就完全泡汤了。我十分羡慕那些能上舞台表演的人，哪怕是学校文艺宣传队的同学。很多时候，看了演出回来，我一个人在家里偷偷地模仿他们的一板一眼、一招一式，但这也只能让我过过瘾罢了。不过，小时候练就的童子功使我有一副好身体和毅力，加上或多或少的舞台经验与感觉，成就了后来在剧团工作的我。

小时候，凤姑经常到我家跟父亲他们聊戏。父亲翻出一本本手抄的戏文，一出一出地讲解并唱给凤姑听。凤姑悟性极高，天生就是块唱戏的料子，稍加点拨就得要领，非常出彩，而且她的记忆力超常，那些戏文只对过一遍，就落在心里生了根。虽说她文化水平不高，可几年下来，肚子里起码装有二三十出戏文，连别人的台词都记得清清楚楚。所以演出时，与她对戏，演员用不着紧张，她会让演员跟着她，哪怕忘记了台词，她也会小声地提示。有时她不在台上，一些角色也常常忘记台词，剧团就会事先在舞台上的桌下藏着一个人，这个人手拿剧本和手电筒，如果哪个演员突然忘词，他就会提示演员台词。有次，一个人在上面演着演着就卡壳了，一时憋得脸都红了。他的耳朵又有些背，老是听不到桌下提词人的声音。那个提词人就大声念，连台下的观众都听见了，引起了哄堂大笑。当时的演出条件非常简陋，大都是露天的，背景是一块幕布，舞台基本上是一桌二椅。这就需要演员的真功夫。如果观众不喜欢这个角色，就会喝倒彩。整个演出就会失控，变成乱哄哄吵闹的场所。而有本事的演员，总是能压住场面，让台上和台下形成互动，真正体现了戏剧的娱乐功能。凤姑就是这样的演员。这种从勾栏瓦市中走出来的名角，才是有真本领的戏剧行家。

吃过大头粉，我又带着陈媚去看老戏台。那个曾经有过辉煌演出的地方，在岁月里变得渐渐斑驳了，像个老人一样，显出一种寂寞中的苍凉。

陈媚说："老师，听你讲起这些故事，我耳朵都快醉了。"

我说："如果你想听，还有呢。"

五

凤姑的酸摊在我们街上也一样出名。她腌酸的技术是跟着我母亲学的。我们现在看到的酸大多是用醋精腌制而成的，这种方法是靠醋精将食材催熟，与用酸坛腌制的酸是不能相提并论的。好比关在鸡笼里靠饲料喂大的鸡，肯定比不了吃虫子、稻谷，在野外放养的鸡。凤姑所有的酸都是用酸坛腌制的，是手艺活，要让食材在酸坛里发酵后自然熟透，还要掌握不同食材的特性。首先是选料，要求食材新鲜，老嫩不同，大小各异。比如菜梗，老了不行，容易有丝，吃起来嵌入牙缝；太嫩的话，经不起酸水的浸泡，容易烂掉。其次是刀功，就说这个萝卜酸，有时切片，有时切丝，有时切条，有时切成"龙"——一个萝卜不要切断，都相连在一起，拉起来像条长龙一样。应该切成什么样子，这得看萝卜的大小形状而定。当白色的萝卜酸出坛后，撒上红色的辣椒粉，只要人们看见，口水就在喉咙里打转了。吃萝卜酸时，酸中有甜，甜里带辣，脆香爽口，简直是怎么吃也吃不够。一般家庭用酸坛腌酸，不是酸坛发白，就是酸度不够，或者腌过了头，而且不能久留。凤姑的则不同。她的酸坛大大小小有好几十个，整整齐齐地排列在家里的不同地方，对应不同的季节腌制不同的酸料，有萝卜酸、黄瓜酸、辣椒酸、藠头酸、姜酸、莴苣酸、豆角酸、芹菜酸，还有各种菜梗腌制的酸等。而她摆在摊面上的酸，则是用透明的玻璃瓶装起来的。那些酸浸泡在酸水里，挨挨挤挤地排列着，似乎隔着玻璃瓶都能闻到那种田园的蔬菜气息。白色的萝卜、绿色的莴笋，间杂着红色的辣椒，从玻璃瓶外面看，清清楚楚，让人馋涎欲滴。尤其是大鱼大肉吃多以后，就想吃些酸味解腻。因此，几十年来，凤姑的酸摊是老少咸宜，很有市场。我们街上人喜欢吃凤姑做的酸，好比爱看凤姑演的戏一样。可眼下，凤姑和她的酸摊一样，也慢慢地变老了。因为凤姑是得到母亲的腌酸秘诀真传，所以，我去吃酸基本上都是免费的。可我也不好意思经常白吃，有时拿走酸的时候，我会把钱扔在摊面上就跑，身后不断传来凤姑"把钱拿走，把钱拿走"的叫喊声。

过去，凤姑的酸摊要到街市去摆，后来品牌打响了，就用不着去街上摆摊了。酸好不怕巷子深嘛！随着岁月的流逝，凤姑经营的酸摊先是由小变大，再由大变小；品种也是由少变多，再由多变少。现在，她只在家里卖。一般是三五个品种的酸，来买的都是熟人，收入勉强能过日子。凤姑家和我老家在一条街上。因为我们家兄弟姐妹都在外谋生，所以我家的老屋前几年就卖掉了。小镇发展后，市场往外扩张，原来的老街变成了一个死胡同。昔日的繁华热闹不再了，渐渐变成一个被人遗忘的角落。

初夏的阳光静静地铺在街面上，一些老人在家门口街边，闲悠悠地或躺或坐。我叫了几个认识的老人，他们眯缝着眼睛，手搭凉棚想看看我是谁。我报出自己的名字，他们都有些惊讶地说，你回来了呀！好久没见你了！此时此刻，我感受到，植物有根，人也是有根的。你的童年在哪里度过，哪里就是你的根源。不论你走到哪里，有一天你回到童年生活过的地方，你才能感受到，这里是你生命的起点，是你梦中经常出现的场景，是你的家！我一边向陈媚介绍老街的前世今生，一边感受那种熟悉的陌生感。走着走着，仿佛进了时光隧道，忘记了时间的存在回到从前。

当我们突然出现在凤姑家门口时，她惊喜不已，仿佛我们是从天上掉下来的一样。凤姑睁着同往日一样明亮的眼睛，一时间说不出话来了。过了一会儿，凤姑抓住我的手，眼泪就掉下来了，也许是过于激动吧。我不断安慰凤姑，好久，她才恢复了平静。

凤姑说："你有多久没回来了？"

"只要街上有什么红白喜事，我也经常回来的。"我说，"有时我回来没有见到你而已。"

"我们去参加演出比赛的事定了吧？"凤姑问。

"肯定的呀，就下个月。"我说，"时间蛮紧的，你们要加紧排练啵！"

凤姑说："这个你放心。只要能参加，我们一定要拿出最好的水平来。"

"回来就是想看你们还需要我做些什么。"我说。

随后，我们又聊开了。

凤姑说："《小放牛》里，那个演村姑的是我的好友，她在邻县，我邀请她来和我一起登台。其他的人都是我们的文场队，现成的了。"

"那就好。"我说，"你们彩排时，我会回来看的。"

凤姑高兴地说："你一定要回来啵！"

"好吧。"我对凤姑说，"我去看一下龙叔。"

凤姑的脸上像被阳光照亮了一刹。

她笑着说："去吧。你和他特别有聊头。"又对陈媚说，"小陈，我的酸好吃吧。"

"真是百闻不如一见。"陈媚说，"太好吃了。我已经发进微信朋友圈，一下获得几十个点赞了。"

六

我对陈媚说："看过凤姑，我们一定要去看看龙叔的。"

陈媚说："老师，你去哪，我就去哪。反正我跟着你。"

陈媚眼里流露出对我的依恋和信任，让我感觉心里有某个地方热了一下。

龙叔和我是忘年交，曾经也是同事。那时，我师范毕业后分配到老家的中心小学任教，龙叔也同在学校任教。这个20世纪50年代的师范毕业生，是乡间纯粹的读书人，吹拉弹唱写，样样都会。如果不是因为他家庭成分不好，早已不知飞向哪里了。正是因为家庭成分问题，他毕业后只能回家乡，做起了老实巴交的农民。改革开放后，家庭成分已经不是问题了，乡下教师一时极度短缺，遂招聘他登上讲台教书。因为都爱好文学，我们负责学校所有墙报的编写工作，还办了个文学社，但只出了两期社刊，我就离开学校了。龙叔那一手漂亮的毛笔字，常常让我自愧不如。我们经常在一起交流、讨论，喝些小酒。接触多了，我才知道。他与我的一个小嬢是青梅竹马。就在他毕业之际，我的小嬢去到了城市工作而他毕业后拿起锄头当了农民。这巨大的反差毁了一段姻缘。但龙叔是个性情中人，几十年了，依然珍藏与我小孃的美好回忆。他把我当成侄儿看待，所思所想、所行所为都与我分享，我与他之间几乎没有什么秘密可言。他比较看好我的潜力，期待我有一天能在文学的道路上走出自己的一片天地。多年以后，文学艺术确实成为我安身立命之本，成了我的衣食来源。

龙叔家就在下街的末尾，靠近水码头的地方。那里远离街上的中心，房屋的建造不像街上的那么整齐有序，更像是街边的村落，倒也弥漫一种田园的气息。我带着陈媚，穿过狭窄弯曲的老街前往龙叔家。龙叔家是庭院式的，周围是一片菜园。还未到他家门口，远远就听到有扬琴的声音传来，弹奏的是传统桂剧《四郎探母》的曲调。我对这个曲子非常熟悉，因为我父亲的拿手好戏就是《四郎探母》和《打渔杀家》，从小耳濡目染，自然就记住了。我猜肯定是龙叔所为，因为现在我们街上会弹扬琴，而且弹得这么好的，几乎没有了。

陈媚一边走着，一边不忘在微信朋友圈发图。

龙叔在他家院子里摆着一台扬琴，正在很投入地弹着。我叫了他一声，他好像才从剧情里醒来一样，同样是一阵惊喜。他连忙地让座，我叫他别客气。

龙叔与龙叔娘素来有些矛盾，越到晚年，吵闹越多，鸿沟也就越大。最后，两人几乎都懒得睁眼瞧对方。龙叔娘索性搬出老屋，随儿子在上街那边住了。龙叔只有在过年过节时，才去儿子那里吃餐饭。每次他都是吃完就走，否则，马上就会与龙叔娘争吵起来。儿子见惯不怪，只顾一边喝自己的小酒，一边看电视节目，懒得理他们。龙叔毕竟有自己的退休金，也是个倔性子，一个人在老屋住也很自由，他把老屋变成了他们文场队的活动中心。尽管我知道龙叔娘早就跟儿子在一起住了，可我还是想问候一下龙叔娘。

龙叔用手指了指上面，笑着说："她还不是在上面嘛。"

"她不回来看看你？"我故意说。

"她回不回来无所谓的。我和她没有什么话可讲。"龙叔说，"道不同，不相谋嘛。"龙叔又指了指面前的扬琴，"这个她不懂，嫌吵，除了去吃大二（打大字牌），她还能做什么？"

我也向龙叔介绍陈媚，又向陈媚说起龙叔。

陈媚对扬琴非常好奇，拿起弹扬琴的小竹锤在琴弦上打了几下。

龙叔说："你弹一曲吧。"

陈媚有点歉意地说："我还是第一次这么近距离看扬琴呢，以前听说过，但从未真正见过。"

龙叔说："现在我眼神不好了，看书不行了，更多的是吹拉弹唱，解闷罢了。"

龙叔把我们引进家里，陈媚看到客厅的桌面上摆着好几种乐器，有三弦、琵琶、二胡、笛子等，又是一阵好奇。龙叔家整个客厅的墙上挂满了用白色的牛皮布抄好的戏文唱词，都是传统的剧目。陈媚一边看一边赞叹，又拿出手机拍照。那些戏文像书一样，可以一页页地翻动，有些字迹模糊不清了，有的像刚刚抄写补上去的。我一看都是龙叔的笔迹，能想象得出，每当夜幕降临，他们在这里弹琴唱戏，将人生中的几多酸甜苦辣融进戏文里唱出来。真是舞台小世界，人生大舞台。

龙叔说："凤姑已经讲了，要去参加比赛。我们正在积极地做好准备。也许，这一生也就最后一次了。"说完后又笑了笑。

我连忙对龙叔说："怎么可能呢？你们还要唱下去。搞不好你们要进首府去演出。"

接下来，龙叔又和我说了好久的心里话，再三挽留我住一夜。

龙叔说："我已经很久不喝酒了。如果你住下来，我破例开戒。"

我说："等到下次彩排，我一定回来住一晚。"

七

凤姑给我打了电话，说她到县城了。我一看手机，正是准备午餐的时间，就约她在城中一家快餐店见面。这次凤姑是与龙叔一同来的，而且是刚刚下车不久。

我叫上陈媚一同前往快餐店。时间掐得正合适，大家都在前后几分钟到了那里。凤姑与龙叔上次见过陈媚，这次立马熟悉起来了。凤姑叫陈媚学戏，否则这么好的条件就浪费了。

陈媚说："我喜欢看戏，可不会演戏。"

凤姑说："学就会了的。像你的身段，最适合演青衣。"

"以后有机会就跟凤姑你学习吧。"陈媚说。

"好呀。我会把自己的看家本领全部传授给你。"凤姑说。

我们边吃边聊了起来。凤姑对这次参演非常看重。由于街上剧团的服装、道具没有专人管理，再加上年深月久，大多数的服装道具不知所终，剩下的也是破破烂烂，根本上不了台面。如果重新做表演需要的服装道具的话，这全身的行头少说也要好几千，甚至上万块钱。我说我们是无力承担这笔钱的。凤姑说："我知道你们不可能有钱的，也不会让你们出这笔钱。"所以凤姑想了个办法，去邻县宜州一个朋友那里借。这个朋友是凤姑的姐妹李孃孃，同样是老戏骨，现退休在家闲着没事。这次桂剧《小放牛》里的村姑，也是让她来演。我觉得这个主意也不错。

凤姑说："我早就联系好了。下午我们就到她那里，住一晚，明天再回来。"

我问了一下："李孃孃有多大？"

凤姑说："还差两岁才七十，比我还小好几岁呢。"

我想了一下，凤姑演牧童，那位阿姨演村姑。两人去掉几十岁的年纪，装扮成十五六岁的少男少女，也是蛮有意思的。

凤姑把彩排的时间定在去参加比赛前一个礼拜六，为的是让我们回去看一下。我们爽快地答应了。

时间真的过得很快，彩排转眼就到了。我带着陈媚，开着我的车子，又回老家了。我们也见到了凤姑的搭档李孃孃。李孃孃保养得不错，根本看不出是将近七十岁的人，倒像是不到六十岁，肤色很白，富态有余，一双大眼睛像笑眯眯的。

我在县城事先买好一些菜，准备晚上在龙叔家里做一顿饭。我想凤姑龙叔他们都是上了年纪的人了，牙齿不会很好，买的菜都以炖料食材为主。这个季节正是鸭子成熟肥美的时候，主菜我弄了个醉鸭。这也是我从朋友那里学来的，做法很简单易学。就是将宰杀好的鸭子洗净后整只放在压力锅里，倒入我们本地自家酿造的米酒没过鸭子，再放上酱油和胡椒粉。待压力锁上气几分钟后，关掉煤气焖上一阵子。出锅后，米酒的香味已渗透进鸭肉中，与胡椒混合起来非常的有味。用筷子轻轻一夹，鸭肉就剥离了，放进嘴里，入口即化。当晚，几位老人吃得非常的香甜。我们聊着桂剧、文场，高兴时，就忍不住唱了起来。不过，凤姑和李孃孃只吃了一点点就不吃了，我以为是我煮得不好吃。凤姑解释说，她们不能吃得太多，太饱了就唱不了了。而吹笛子的强哥就要多吃点。饱吹饿唱嘛。

彩排就在龙叔家院子里进行。我们还在慢慢吃的时候，凤姑她们就去化妆了。等到我们摆好乐器时，就准备开始彩排了。陆陆续续来了一些老人和孩子们看热闹。还未开演之前，那些老人都和我打招呼聊天，孩子们则在一旁跑来跑去。龙叔当晚特意把门前的灯换成雪白的大灯。锣鼓一响起来，让我一下体会到了从前的感觉。

别看凤姑她们上了年纪，可化上妆，穿上服装，一下子就变成另一个人似的了。及至乐器响起，嗓音一亮，她们出来时，还真是一对少男少女的模样。也许是她们对此剧太熟悉了，一下子就将两个人物活灵活现地展现在舞台上。之前，凤姑曾与我商量，是否要改动剧中人物的对话，把他们的一问一答放在当下，展示我们本地的风貌特征、风土人情？我觉得有点左右为难，一下子也拿不定主意。凤姑就说，那她们就两个版本都演一下。我觉得这倒是个好的办法。第一次是先排演原汁原味的桂剧《小放牛》，第二次是排演改动了的《小放牛》。两个版本一比较，我还是觉得原汁原味的《小放牛》更好一点。因为这出小戏的剧情其实很简单，就是一男一女相互问答。它所展示的，是隐藏在这对少男少女身上那种朦胧的生命情愫。那种美好，是每个人成长过程中都经历过的。可以是过去、现在，也可以是将来。而改动问答，把当下放进去，就明显的不对调。好比把一件西装穿在古人身上，生硬滑稽，反而有点可笑了。这出小戏的做功比较多，体现了戏曲的唱念做舞，如果没有一定的功底，是很难把握的。当我看到七十多岁的凤姑在那里蹦蹦跳跳，与李孃孃配合得默契，眼前出现了她过去一系列的舞台形象。那些活在我们心里的美好，定格成温暖的画面，像走马灯似的从眼前飘过。大半辈子的人生风雨，依然没有磨灭她对演戏的热爱与痴迷。她真是为戏而生的人呀。

彩排过后，龙叔又重新摆桌吃夜宵，还邀了几位邻居。这时，凤姑和李孃孃才真正开始吃东西了。我们边吃边聊，信心满满，期待下周能取得不俗的成绩。凤姑让我提点意见。

"我从小看你的戏长大，是来学习的。"我说，"凤姑，你是我心中永远不老的女神。"我这一说，把凤姑逗得乐开了怀。

"你父亲走得早，不然我还可以学很多戏的。"凤姑说，"可惜的是，你们家也没有哪个还继续唱戏了。"

"很多事情由不得我们呀。"我说，"生活还是最重要的。唱戏实在不能养家糊口。但我对戏还是很有情结的。"

"我们唱戏就是为了寻开心，可以忘掉很多的烦恼忧愁。"凤姑说，"你想，有些戏里的人都那么苦，我们遇到一点困难又算得了什么呢？"

"戏里的生死你莫当真。"龙叔对凤姑说后，又转向我说，"她就是这样，经常是戏里戏外分不清楚。唉！"

"人生如戏。"我说，"戏也如人生嘛！"

本来我们是打算住一晚的，可看看时间还不是很晚，我和陈媚就打算回县城。龙叔劝我住下，我再三推辞。其实，主要是我已经不习惯睡在那种老房子里面了。凤姑龙叔他们没有办法，就千叮咛万嘱咐我们要小心开车，慢慢开车。

我说："你想我开快我也没办法。反正今晚到达县城就给你们报平安吧。"

走出小巷，夜很安静。天上的月亮朦朦胧胧，我们的车子在融融的月色下，慢慢驶向县城。陈媚变得安静起来了，而且很美。如果说学生是老师的作品，我此刻感到一种无言的幸福。

八

凤姑是个苦命的人。她的丈夫早早就死了。她带着两个女儿，一个四岁，一个两岁，好不容易才把两个女儿拉扯长大。她女儿年纪与我差不多，遗传凤姑的基因，长得非常漂亮。当年，她们三母女走在街上，好比三朵绽放的鲜花一样，成为我们街上一道美丽的风景。她的大女儿有一份工作，可嫁给一个生意人，让我们觉得有点不可思议。这个生意人风流成性，经常夜不归宿。大女儿生下一个女儿后，丈夫又跟另一个女人跑了。几年以后，大女儿检查出子宫癌，没过多久，就抛下六七岁的女儿，撒手归西了。凤姑既是外婆又当母亲地照看着外孙女。凤姑想教她唱戏，可不知怎么搞的，外孙女从小对唱戏一点兴趣都没有，倒是喜欢流行音乐。孩子长成少女后就非常叛逆，书也不读了，十七岁不到，就跟着街上的几个小青年出去闯世界了。凤姑急得到处寻找，可外孙女像风似的，今天在这里，明天在那里，后天就不知道去哪里了。凤姑无果而回，眼泪早已经哭干了。凤姑的二女儿就不用提了。只要想起来，就令凤姑痛心疾首。二女儿嫁给一个裁缝，刚开始，小两口日子过得挺好挺顺的。可是，丈夫沾上了毒瘾，还带着她一起吸毒。这吸毒就是无底洞。很快，他们就把家产败光，还背上一屁股债务，过着寻早无夜的生活。再到后来，裁缝因注射毒品过量死了，而二女儿不知跑去哪里，是死是活也没有个音信。从此，剩下凤姑一人守着自己的老房子，好在有龙叔他们这些老朋友相伴，有文场可唱。当有人问起女儿、孙女的情况时，凤姑都摇头不答。等过了很久，才从牙缝里挤出几个字："红颜薄命！"

寒来暑往，凤姑渐渐感觉精力大不如从前了，就把经营的酸摊缩小、产品减少，只要每日进几个钱，能够维持生活，她就心满意足了。剩下的时间，凤姑就一心扑在唱戏和耍文场上，她把人生的际遇融进戏文之中，用以抵抗命运的打击。无论昼夜，她居住的那间老房子里，总会不时传出咿咿呀呀的婉转唱腔，像一缕缕青烟，袅袅娜娜地消散在我们小镇的上空。

那次回乡，吹笛子的强哥曾拉我到一边说："小五，我是有辆车，可我不愿拉他们去演出。我自己开去，你嫂子也去。你晓得的，都这一把年纪了，我怕他们万一在半路出事，我就是裤裆里的黄泥——不是屎也是屎了。你还是让他们坐班车去好了，也难为你来关心这件事了。其实，我早都想退出来了的，可凤姑硬是抓住我不放手。为了给她老人家面子，我才加入这个队伍的。现在还有多少人看文场呢？她就是死脑筋，没有人看也要耍文场。唉，有什么办法，就当娱乐解闷吧。反正我也没多少事情。有时我缺席了，被凤姑骂得狗血淋头。有什么办法呢？我们两家沾亲带故，我是小辈，她是长辈，我就硬着头皮吹吧。你不晓得，其实她浑身是病，都是年轻时练功练过头留下的。别看她在人前笑得嘻嘻哈哈的，暗中却经常流泪。这个我最清楚了。我就跟她吹这一次吧。以后也许没有机会了。你不要对她讲啵！在她面前，要表现出十分高兴喜欢才行。"

秦伯也曾偷偷对我说："凤姑做事过于较劲。平时嘛，我们是奔着来玩的。可她做事太认真了。不来嘛，她会骂我们；来了嘛，做不对她也骂我们。我们的年纪大了，经常会忘记一些事情。可她老是打击我们。伤自尊呀！唉！"

杨叔说："我和凤姑从小玩到老，我太了解她了，她做人做戏都来不得半点假。我是非常配合她的，只要她叫我，我都会按时参加。"

支撑着凤姑笑面人生的是演戏和文场，如果这根支柱也被抽掉了，估计凤姑的天空可能会坍塌，世界也就灰暗了。

太阳依旧从山的这边转到山的那边，日子一天天地过去了。

九

终于到了展演时间。本来我也打算去看凤姑他们演出的，无奈没有时间。

吹笛子的强哥提前去市里面，是不想跟他们一同走。凤姑他们只好自己坐班车去，而李嬢嬢则从她家去。他们分成三拨向市里进发。

我是通过看录像欣赏他们的演出的。这次比赛有一个互动环节，就是通过网上投票，选出观众喜爱的剧目和演员。主办方把所有演出的录像放到网络平台上，每台电脑一天只能投票一次。那段时间，各县都发动大家为本土的节目投票。看着投票数在不停变化，有点像看股票一样，心里满是着急。我把凤姑的演出录像下载到手机里看了几遍，感觉情况不似想象中的好。首先，我感觉她的嗓子有点不对劲。后来我才知道，因为这一段时间太累了，他们去市里的当天晚上，凤姑就感冒发烧喉咙痛了。这对于演戏来说，实在是太不幸了。当时凤姑没有告诉任何人，他们也不知道凤姑病了。就这样，她带病参加了演出比赛。其次，她故意摔倒在台上，起来时站不稳了。我也是后来才知道，凤姑在台上的假跌变成了真的跌倒，她的股骨头开裂了，她忍着疼痛，坚持把最后的几分钟戏演完。她没有告诉同伴们自己受伤的事，其实，她也没有太在意自己的摔倒。但正是这次摔倒受伤，让她付出了生命的代价。

这次演出比赛，凤姑他们的《小放牛》名次不怎么理想，但通过观众的投票，还是收获了一个"最受观众喜爱的节目"奖项。毕竟，他们以这样的年纪上台参赛，观众是由衷喜爱的。可凤姑心里非常憋气，感觉是自己不争气而连累大家。

她在电话里对我说："我为什么偏偏在那个节骨眼上病了呢？我为什么在台上站不稳呢？我太不争气了！"凤姑说着就大哭起来。

我安慰说："凤姑，你已经很争气了。你想想，还有哪个像你们这个岁数的人敢登台表演的。就凭这一点，他们就玩不过你了。从观众给你们投票看，大家是最喜欢你们的。金杯银杯，不如老百姓的口碑。观众的投票就是最有力的证明。你们的节目最有看头。你们是真正的赢家！"凤姑一下子又破涕为笑了。

跟着凤姑去演出参赛的人，没有把得奖与否太过于放在心上，大家觉得不过是参加一次演出，玩一玩，乐一乐而已。

但没有多久，就传来两个不好的消息：一个是秦伯去世了，另一个是凤姑躺在床上起不来了。

十

秋末冬初，连绵的阴冷细雨让人的心情压抑。终于有一天，太阳出来了，一下子温暖的光辉普照大地，天空特别明净、蔚蓝，没有一点杂质。昼夜温差变大，早晚有了霜冻。这天，我和陈媚回老家看望凤姑。

我们来到凤姑的床边。她的股骨受到了感染，开始坏死了，且肺部和体内的多个器官都出现了问题。与前几个月相比，凤姑突然变成另外一个人了。她那昔日光彩的脸蛋变得苍白、瘦削，眼睛凹陷，说话的声音也变细变弱了。见我们来了，她挣扎着坐起来，我连忙制止了。龙叔在一旁叫她不要动，躺着讲话就行了。我握住凤姑的手，心里凉了半截。这双曾经迷倒多少人的兰花指，现在只剩下皮包骨头了。凤姑躺在床上，薄得像张纸片，几乎是与被子连在一起，似乎感觉不到身体的存在。

陈媚叫了一声凤姑，就在一旁掉泪了。凤姑劝她不要哭，可自己也不知不觉地流出了眼泪。

龙叔把我叫到堂屋，说了很多关于凤姑就医的情况。主要是年纪原因，想要康复，困难重重。可以说，凤姑是出现了并发症，看来已是凶多吉少了。

龙叔悄悄地说："你看，连医院都劝我们回来等待了。"

尽管我心里也有些预感，可还是希望奇迹会出现。我把祝福带到凤姑身边，让她树立信心，振作精神，好好养病，告诉她春节我们再回来看她耍文场。

可凤姑说："小五，下次你回来，我可能都不在人世了。"

凤姑笑了一下，很勉强。

我的眼泪一下子跳了出来，但我转过脸，不让凤姑看到。

之后，我们还聊了些家长里短的事情，讲了一些安慰话。时间差不多了，我和陈媚送上些礼品礼金，就告辞回县城了。

太阳依旧又白又亮，阵阵秋风将空气吹拂得相当干燥舒爽。

路上，陈媚说："老师，凤姑真是太可怜了。"

我没有说什么，一直在想着凤姑的过去与现在，当然还有可能的将来。记得我第一次看凤姑耍文场，是在我家门前的街上。小时候听说过文场，可从未见过，因为当时文场还属于被禁止的。20世纪70年代末，改革开放后，父亲写信给我的叔叔说，让叔叔回家乡带头耍一次文场。那一年春节，叔叔回来了，他可是省桂剧团的演员哟。于是，在我家门前的街上，临时挂起了几盏雪亮雪亮的电灯，摆起了一排长桌。我们街上剧团的成员拿着扬琴、琵琶、三弦、二胡、笛子、云板、碟子、锣、鼓、钹等各种各样乐器围坐在桌边，由叔叔指点大家唱。桌面上摆放着形形色色的水果、糖果、香烟、茶水，供参与耍文场和看热闹的人任意享用。半条街上的人都来观看，围得里三层外三层。凤姑化了妆，穿了戏服，成为当晚的主唱。叔叔纠正她如何用嗓、使眼、做兰花指，还教她如何收腹提气，告诉她只要方法对了，即使唱一个晚上嗓子也不会受影响。当时，确实整整唱了一个晚上，唱了好几出戏，及至天快亮了，大伙才依依不舍地收场。从此，凤姑也就越唱越好。不久，她就在方圆百里名声大振了。

年末，我有机会去北方参加一个培训班学习。下飞机后，我打开手机，好几个未接电话和短信。其中一条是，凤姑已于昨晚去世，享年78岁，定于农历十一月二十二日出殡。是龙叔发来的信息。我的心咯噔了一下，好像被捏住了，有点酸酸的。我给龙叔回信说，正出差在外，让龙叔替我给凤姑多烧几炷香，回去我再给凤姑的坟上添点新土。

过了蛮久，有一段戏文一下子从我的脑海里跳了出来：

一悲一喜一抖袖，

一跪一拜一叩首。

一颦一笑一回眸，

一生一世一瞬休。

这戏文用来形容凤姑，是最恰当不过了。

走出机场，天色晦暗，我才发现，这里早已下起漫天大雪。纷纷扬扬的雪花，仿佛一张大幕，从天空飘落下来。到处是一片银装素裹，雪白雪白。

2018年3月

●

空白地带

　　我突然看见一个有点面熟的朋友走到面前，叫了我一声，可我一下子记不起他的名字了。

　　他说我杀了人。

　　我回想了一下，感觉好像有这么回事。

　　他掏出一把手枪递给我说："你是自杀还是逃跑，自己决定吧。"说完他就不见了。

　　我拿着手枪想了想，就往凤凰山那边跑。一下子，后面就有人追上来了。也许他们知道我杀了人，是来报复的吧。

　　这伙人拼命地追赶着我。天上突然下起了大雨，我老是看不清脚下的路，不停地摔倒又爬起来，全身很是沉重，老是跑不动。我的面前有了一条河，河里涨水了。我想过河，可找不到桥在哪里。后面那伙人打着火把，拿着刀棍，喊打喊杀地冲过来。我依旧难以跑动，好像觉得自己被当头一棒敲中，手里的枪也不见了。我顺势夺过一个人的砍刀，一边骂一边砍杀过去。就在这个时候，我醒了过来。

醒来，我才发觉自己是做了个梦。梦中的情景历历在目，让我呼吸急促，大汗淋漓，浑身困乏，脑子昏昏沉沉的。

我不知道自己在什么地方，只看见天花板像块肮脏的抹布，一台很陈旧的吊扇悬挂在上面，还有一些蜘蛛网点缀在那里。我想撑起来，可感觉全身无法动弹，也痛得不得了，好像被绑在床上一样。这是哪里呢？我闻见空气里的药水味，是医院的味道。我想啊想啊，可脑子是一片空白，什么也记不起来。我环顾四周，看清了这是个病房。尿胀得要命，我忍着疼痛坐起来。看见我的右小腿裹着一层层的纱布，还渗出了血迹。我慢慢挪动身体，木头一样的脚在寻找着床下的拖鞋，然后一瘸一拐地走向卫生间。猛一抬头，突然看见一个人在卫生间门口晃动，模样有点可怕。我的心用力收缩了一下，毛发乍地竖了起来。我又看了一下，那人有点面熟。再认真地看，那人不就是我自己吗？原来，卫生间旁边的墙上镶嵌着一块大镜子。上完卫生间，我在镜子前仔细地看了自己。我看见自己摇晃着走路，头上缠着纱布，右眼眶又黑又肿，脸上残留着一些发黑的血迹。我这鼻青脸肿的模样，人不人，鬼不鬼的，像饥荒年里逃难的灾民。我又一瘸一拐地回到床上躺下，看到床头柜上放着几瓶矿泉水，抓起来就猛喝一气。这些矿泉水好像把我身上冒出来的火气压下去了。我渐渐平息下来，闭上眼睛想，可还是什么也想不起。倒是刚才的噩梦，还断断续续地停留在脑子里，不过也像水蒸气一样，渐渐地无影无踪了。

我从窗口往外望，楼房、街道、绿树，更远处是正在开建的楼

盘，都是熟悉的事物。我看出来了，这里是我们县里的二医院。

我侧身四处翻找自己的手机，终于在枕头下翻出了它。不过，手机的屏幕已经裂开了。

我打电话给小米，可手机里的音乐唱完了，她也没有接。

我拨通罗华的电话，他好像还躺在床上。

我问："昨天晚上是谁送我回去的？"

罗华好像闭着眼睛，死鸡撑硬颈一样地说："我不晓得。"

"我怎么又到了医院的？"我又问。

"我不晓得呀，我也醉了。"罗华说完，好像清醒了许多，又说，"你怎么在医院了？"

"我就想问你呀。"

"是安哥送你回去的吧。"罗华赶忙说，"你问问安哥，一定是他送的，只有他清醒。"

我挂断电话，随后打电话给安哥，想问问我怎么到了这里。

安哥显然也还躺在床上。他拖着含糊不清的声调，像讲梦话一样复述我们昨晚喝酒的经过。我说："那之前的事情我还记得，关键是第十二杯以后，我什么都忘记了。

"你问肥头吧，是他送你回去的。"安哥说，"我还不是和你一样，我也醉了。"

可我最后拨打肥头的电话时，他也没有接。

我躺在床上发呆。

一会儿，我的手机响了，是肥头打来的。我问他刚才干什么去了。他说刚刚在卫生间里。我问昨晚谁送我回去。他一口咬定是罗华，而且还说得有模有样，说是亲眼看见罗华扶着我上的三马车。

我本来还想问一问的，可还是别问算了。醉汉问醉汉是问不出什么名堂的，就算我倒霉了吧。

我再次拨打小米的手机，那首熟悉的彩铃歌声一直唱到结束，依然还是无人接听。

一个年轻的护士推着架子车进来了。架子上面放着托盘，里面是大大小小的药瓶。她问了我的名字，先让我吃几粒白色的药粒，替我量了体温，然后给我打吊针。

我问昨天晚上我是怎么到这里的。

她说具体的情况她也不是很清楚，因为昨晚不是她的夜班。接班时，她看了我的病历，右小腿缝了十几针，全身软组织多处受伤，可万幸都没有伤到要害，需要输液消炎，免得感染。她交接班的同事说，昨天夜晚我来时的样子很吓人，浑身是血，不省人事，头脸肿胀，酒气熏天。他们猜想是醉驾后遭遇车祸呢。

"噢，现在酒气还很浓呢。"她说，"你昨晚喝了多少酒？以后酒后切记不要开车啊！这是血的教训呀！"

我笑着感谢她的忠告。

"好在没有什么大碍，不然就吃大亏了。"她看看输液瓶，又看看我的手说，"药水完了，或者需要什么帮助，你按床头的开关，会有人来的。"说完，她微笑着推着架子车走了。

昨天中午，我刚刚用茶驱散头天的酒气，罗华就来电话了。

他说："鸡鸭鱼肉，牛羊狗兔，吃什么？"

我说:"什么也不想吃。"

他说:"必须吃一样,不要为我节约。"

我问罗华是什么意思。

"运气太好了,中了一颗六合彩的特码。两百块的四十倍。"罗华的声音充满了笑意,"继续狗肉怎么样?"

我说这几天连续吃狗肉,换换口味吧。

他又问我想吃什么。

我想了一下,说吃羊肉吧。因为前段时间一个朋友开了一家羊肉店,其中的"羊便"很有特色。"羊便"又名百草汤。如果看到怎么做,你可能会吃不下的。宰杀当地的黑山羊后,把山羊小肠里尚未完全消化的半成品羊便挤出来,倒入锅内,加上葱、姜、盐等佐料,煮沸到稀稠适中即可。端上桌来,黑红黑红的豆酱样子,冒着一股骚味,还真像粪汤哩。吃进嘴里,开始有点苦涩的味道,可随即变得甘甜爽口,回味悠长。据说,山羊是很有灵性的动物,它们在山上吃草时,该吃什么,不该吃什么,是有选择的。当山羊们把各种可以入药的杂草叶子吃进肚里,刚刚消化得恰到好处,尚未形成粪便时,就被宰杀了。这些肠子里的料子正是"羊便",它们包含了百草的精华,好比蜜蜂采得百花酿出的蜜糖一样,可清热去火,养颜美容,是天然绿色食品。

由于前几天喝了酒的原因,我感觉到身上的毒素太多了,想喝上几碗"羊便",正好排排毒。

罗华说,他这就去安排。

我说我随后就到。

我打电话给小米,问她在哪?还说了要去的饭店名字,说我在那里等她。她说让我们先吃，不用等，到时她自己会到的。

吊瓶里的药水顺着管子一滴滴地流着，好像一滴滴清泉快速流进我的血管。我的身体好比一块刚刚燃烧过的土地，兴奋地吮吸着这些清泉。我老是在想我的右小腿怎么就缝了十几针呢？

如果是罗华送我回去，他不会立即送我回家，而是拉我去歌舞厅唱歌。这是他的爱好，也是他的套路。

汽车站旁边有个歌舞厅，是罗华喝酒回家途中歇脚的地方。他会在那里边唱边喝两三个小时，直到深夜了才回家。

我仿佛看见罗华扶着我上了三马车，到了那里后，跌跌撞撞地下了车。我们左摇右晃地上楼，开了个包厢。我一进去就倒在沙发上睡觉。罗华一边打电话叫兄弟朋友们过来，一边点些小吃和酒，最主要是酒，啤酒、红酒是这个时间段的主角。点好这些，他则在一旁吼歌，好像要把酒气全喊出来。也奇怪，他有时越唱越清醒。到底是真把酒气喊出去了，还是喝下的啤酒红酒替他解了白酒呢，谁也说不清。

我把自己的受伤与噩梦联系在一起。这时，好像突然有一个人闯进了我们的包厢，也是醉醺醺的样子。明明是他走错了，可他还在我们面前吆五喝六的。罗华抓起一瓶啤酒就对他的头猛劈下去，那小子倒是被打清醒过来了，有点不服气地走了。可没过多久，我们包厢的门被踹开了。那个小子带了一拨人进来，见人就打。我们理所当然地迎战了，混乱中，我的小腿被刀或者是酒瓶划伤了，全身或多或少受了些伤。他们的人肯定也有人被打伤了。后来，警察来了，调解纠纷，我也就住进了医院。

眼看着第一瓶药水所剩无几，我按下床头的开关，听见外面走廊响起"嘟嘟嘟"的鸣报声。一会儿，进来另一位护士。她拔出将完的药水瓶的插头，又插入悬挂在旁边的另一瓶。她用手指弹了弹输液管子，见滴液正常后，一边回望，一边退出了病房。

我看着瓶子里的药水一滴滴掉进管子，速度比第一瓶慢些了。大概是我体内开始储蓄了水分吧。我感到有些困倦，又闭上眼睛想睡一下。

朦朦胧胧中，似乎看见是安哥送我回去的。我记得吃喝到一半时，安哥说要去一个朋友家烧纸，那位朋友的老父亲去世了。他的朋友也是我的朋友，我当然也要去。

我对安哥说："喝罢我们去给老人烧炷香吧。"

安哥回答好。

我们这里如果有人死了，入殓后要放在家里几天，家里也设了灵堂，以便亲朋好友前来吊唁。在家停放的时间长短由风水先生决定。只要风水先生掐好日子，说什么时候可以让死者还山，就定在什么时间。而停在家里的这些日子，家里也就形成一个巨大的磁场，把各种各样的人们凝聚在一起。白天到场的亲朋好友零零星星，因为大家都要忙碌各自的生计。除非是亲人和非常铁杆的好友，才从始至终陪守在那里，忙前忙后。但到了晚上，情况就不相同了。大家干完自己的活路，三街六巷，十里八村，远亲近友，都会来坐坐、聊聊，吃吃喝喝，凑个热闹。主家是不嫌人来得多的，越多越有面子。但凡有人来，主家就上菜上酒，让大家坐下边吃边喝边聊。这种流水席，几乎从未间断。但还有一个更让人坐下不想走的，就是牌桌。在老街，沿街一字排开二三十桌，几乎都是打牌的人。有可能昨天晚上，因为打牌的事与人发生了摩擦，争执起来。都是喝了酒的人，免不了动起来手。也许在争斗中我受了伤，就这样被他们送到了医院。

　　我在半醒半睡中，看见吊瓶的药水又要完了。我又按了床头的铃声开关，一个护士来帮换了第三瓶药水，也是最后一瓶药水。护士走后，我一手高举着吊瓶，再次一瘸一拐地到卫生间放松了自己。回来后，我又有点打瞌睡了。

　　好像是在梦里一样，这次我看见的是肥头送我回家，但他没有把我直接送回家，而是要带我去放松放松。

　　······

　　药水快完的时候，我醒过来了。我又按下床头的开关，让护士把我手上的针头拔掉。我用棉签压住手背打吊针的地方，一抽开，手背有一小块青紫色的凹陷，中间是一小点红色的针眼，像是被蚊子叮咬后留下的痕迹。我躺在床上变得清醒而无所事事起来。

　　我的手机响了，是小米打来的。

　　她问我现在怎么样。

　　我说："刚刚输液结束。"

　　她说她马上过来。

　　我说："你为什么不接我的电话？"

　　她说太累了，回去躺在沙发上睡着了，刚刚醒来才看到好多未接电话。

我"噢"了一声。

她问我想吃些什么，她好买过来。

我说："包子加豆浆吧，要肉包，就是我们经常去吃的那家。"

小米是我的未婚妻，也可以算是老婆了，只差去领一张结婚证而已。我和前妻离婚后，心灰意冷，也就在这个时候，小米掉进了我的生活。

前妻对我的要求太高了。她嫌我的酒肉朋友太多，而且三天两头地吃吃喝喝不干正事。她嫌我赚钱不多，只会搞装修这一行业，除了卖苦力没有什么出息。她说她结婚前真是瞎了眼了，跟着我过日子紧巴巴的，而且还要跟着我一起干活，根本没有安全感。我们婚姻的转折起于一次事故。我每天都去给人家搞装修，而我的妻子却老是沉溺于麻将桌上。当时，我们有一个四岁的儿子。有一天，儿子独自外出玩耍，他不知怎么就掉进了我们后园那个公共粪池里。我们寻找了好半好天也没有找到他。第二天一个菜农发现时，已经没救了。我伤心欲绝，感觉人生空渺。从那以后，几乎每天我和妻子都要吵架，后来争吵渐渐升级，最后她和我离婚后就跟一个老板跑走了。

就在我妻离子亡、人生跌入谷底时，小米像被安排好似的来到我身边。我和小米的相识几乎太俗了，俗得就像电视剧一样。有一天夜晚，我喝酒后回家，路过广场时，我看见几个男孩子在欺负一个女孩，那个女孩哇哇大哭。看见我从那里经过，她大声喊叫："大哥！救救我！大哥！救救我！"我一下子气不过就上前教训了那几个男孩子。这个女孩像在风暴中受到惊吓的小鸟一样抖个不停。我说："你回家吧。"可女孩拉着我说："大哥，我没有家。"我说："那你家在哪里？怎么到了这里？"她说，她前几天从乡下进城，想找份工，可几天了都没找到，钱也花完了。我说，那你跟我回家吧。就这样，女孩跟我回家了。第二天我让她到我的门店去帮忙干活。不想这女孩非常聪明，什么东西一学就会。女孩当然就是小米了。她一住下来就差不多有两年了。我们从最初的老板和打工妹的关系变成了恋人关系。她非常温柔，对我非常体恤，从来没有什么太多的要求。她不仅把家里收拾得干干净净，也把我们的店面打理得赏心悦目。如果我喝醉回家，她就把我服侍得妥妥帖帖。我把我的情况都讲给她听了，她也把自己的身世告诉了我。原来小米的家境不尽人意。她的母亲死后，她的残疾父亲带着她和一个残疾的弟弟。她早早就辍学了，想出去打工以挑起家庭的担子。就这样，她来到了城里。可她怎么懂得江湖的深浅呢？我们是同病相怜，惺惺相惜。年龄真的不是距离。她非常依靠我，我也非常依赖她。有了她，我的生意又有了起色，可酒也喝得更多了。现在我们是水到渠成地在一起，如果没有什么特别原因，我们很快就会结婚的。

小米来了，我一下子感觉心里安定了。她坐到床边，问了问我吊针的事情，拿出豆浆和包子让我吃。我还在问她为什么老是听不见我的电话。

小米说："你不知道你昨天夜里有多麻烦。我被你折腾了一夜，累得要死，全身都被你弄脏了。天都快亮了，看到你熟睡后，我就回去把自己洗了一遍。我太困了，眼皮直打架，昏昏沉沉的，我就在沙发睡着了。"

昨天下午小米到饭店时我们已经喝了不少的酒，桌面都差不多杯盘狼藉了。罗华有点过意不去，就提出重新摆桌。当时离晚餐时间也远不到哪里去了。于是找了一家有油茶的饭店，重新摆开宴席。这是一家侗族人开的饭店，里面的服务员都着清一色的侗族服饰。饭店的装修也是侗族的木质结构，古色古香。服务员的头上和身上都挂满了密密麻麻的小银铃，走起路来叮叮当当，很是动听。上桌时，先是打几轮油茶。茶叶在锅里煮着，散发着茶叶的清香和一种说不出的香味，应该还添了什么东西的，我不是太了解。茶水有点黏稠，在锅里翻滚着。旁边放着一碗碗的油炸糯米花、炒花生、浸泡的黄豆、玉米、炒米，还有葱花、芫荽等，各人根据自己的喜好把需要的料放进碗里，然后舀锅里的油茶水浸泡几秒钟，就可以开吃了。待到大家都差不多清醒时，服务员就把事先准备好的鸡肉、猪肝、粉肠等一股脑儿地放进油茶锅里，盖上锅盖。等到油茶再翻滚时即可关掉火源，让那些生料慢慢浸熟。锅中的菜吃起来爽嫩可口，味道好极了。

天空早已撒下黑色的大网，把白天的生活隐藏了。你如果掀开它，就会发现里面有太多的秘密。那个时候，正是激动亢奋的时候，我们的身体似乎都变成了造尿的机器，从上面灌进去的酒，没多久又从下面排走了。尽管也有一些人离席，但很快就被新来的朋友补上空位。前前后后至少来了一二十人。只有我们桃园结义的几个铁杆兄弟稳坐如泰山。但人的酒量毕竟有限，武松喝酒也会醉倒的。不知不觉中，我们都醉了。只不过还没有当场倒地而已。我只记得一个刚进来的朋友和我干了一大杯的之前情况，可也是迷迷糊糊的了。至于后面的事情就完全是一片空白了。

小米说，大家都喝醉了，我们的宴席也就结束了。饭店是在沿江路旁边，晚上的河堤边上，一字排开十几家烧烤摊。我们必须经过那里。小米搀扶着我走着，突然桌边站起来一个人把我拥抱起来。拥抱我的是多年不见的好兄弟毛哥。

毛哥说："老弟呀，我感觉我们喝的不是酒，而是兄弟浓浓的情义和生活的眼泪啊。"他也了解到我的处境，不断鼓励我要振作起来。说着，烧烤摊的宴席又开始了。

……

从中午开始，连续三场的宴席，我是醉上加醉了。

小米说，和毛哥分手时，我几乎站立不住了。毛哥让小米扶着我回家。由于灌下大量的杂酒，我的膀胱几乎要爆炸了。我急着找卫生间，到处都人满为患。尽管我已经大醉，可下意识还是有点羞耻感的。好在这片露天的烧烤摊正好在河堤边上，只要往黑里放就行了。可到处都是吃烧烤的人们。我跌跌撞撞地在桌子间跑。小米在后面追赶我，让我小心点。我不时地撞到了别人的桌子，有些都撞翻了。有些人见我醉成那种鬼样子也就算了；有些人不想放过我，他们抓住我，我们自然就扭打在一起。小米连忙赶过来解释。我拼命地跑，小米在后面猛追。旁人只当看热闹了。快到人少的地方了，我正想解，可又有人走过来。于是我又跑向更加黑暗的地方。小米在后面说，小心掉下河里啊。话音刚落，我就掉下河堤

了，好在河堤下边还有些竹丛和小树丛，我正好掉在上面，之后再也没有动弹了。

小米叫来几个人，弄了半天才把我连拉带扯地弄了上来。当时我脸色铁青，满脸满身都是鲜血，昏迷不醒。他们马上把我送到了医院。在医生给我消毒处理缝合伤口时，我醒了过来，但不是真正的清醒，而是醉酒后的假醒。我大喊大叫，完全不配合医生，好几次跳下床往外跑，可都倒在地上。我的嘴里说出一连串谁也不懂的词语，似乎与外星人对话一样。可能是毛哥的话刺激了我，我完全沉浸在自己的世界里，大声叫着，毛哥！毛哥！又是哭来又是笑。医生也拿我没办法。小米急得像热锅上的蚂蚁一样，忙得团团转。后来，也许是我极度疲劳了，才沉沉地睡过去。医生们这才顺利地帮我包扎伤口。此时，天都差不多亮了。小米看到我完全熟睡后，就回去把自己洗了。因为她的身上沾满了我的血迹。

出院后，我做的第一件事就是和小米去登记结婚。

2017年3月

●
乡下舅舅

一

　　再过两天就是冬至了，这是做腊肉腊肠的好时节。一周前，我和妻子商量好，如果这个双休日放晴的话，我们就做些腊肉腊肠。

　　这段时间以来，天空一直是彤云密布，气温偏低，寒冷潮湿。一天到晚都是雨蒙蒙、阴沉沉的样子，让人在恍惚中错把黄昏当成早晨。周六说来就来了。老天还真有点遂人心意，虽不是蓝天丽日，暖阳温和，可阴郁的天空出现了大片明媚的亮色，太阳似乎在不经意间就要从云层里钻出来了。好比一张一向严肃的脸，终于挤出了一丝丝的笑意。

　　一大早，妻子把我从暖烘烘的被窝里撬起来，要我跟着她去农贸市场。妻子说，赶早一点好，一则可以挑选的好猪肉多些，再一个是免得排队灌腊肠时要久等。好多年前，我们都是自己动手灌腊

87

肠的。买回猪肉，先是去皮切好，再放上五香粉、胡椒粉、酒、盐等配料腌上一两个小时，然后开始灌腊肠。我们找来一个宽口的矿泉水瓶，割掉下面部分，只留上面半截，做成一个简易的漏斗。把洗干净的猪肠子套在矿泉水瓶口，通过矿泉水瓶的漏斗口处把腌好的猪肉往里灌。这个时候，妻子一般是主力队员，而我则是打下手。由于一年才做一次腊肠，之前要准备各种各样的东西，加之不是很熟练地操作，往往做上十多斤腊肠就累得我们腰酸背痛了。可看着出风后晾晒在楼顶的腊肠，在阳光下油光闪闪的，就特别有一种成就感。毕竟，我们的劳动化为成果了。待到日后晒干蒸熟，端上餐桌大快朵颐时，更是倍感香甜。不过，这几年，市场里有好几组专门加工腊肠的人员了。他们用机器切肉，用机器灌肠，按制作的斤两收费，方便快捷，免去了自家制作的烦琐。他们的生意非常红火常常得排队等候，先排先做，后排后做。有些后来的人，甚至要等到下午才能得到成品。拿到成品回家的人，都会在晾晒中憧憬着过年时如何享受美味。

尽管天上的细雨歇住了，可依旧寒气逼人。风扑在脸上，有一种辣生生的感觉。正值年末岁尾，街上车水马龙，人们熙来攘往，到处都是一种匆匆忙忙的景象。街面的泥水被驶过的车辆和行人的脚步碾压踩踏，变得脏兮兮的，给人一种湿漉漉的印象。街道两旁的天竺桂不时掉下残留的雨滴。

我们不断与路上的熟人打招呼，大家都像被久关在笼子里的鸭子一样，表现出一种莫名的兴奋，一路上"嘎嘎嘎嘎"地说个不停。也许是双休日，加上天气转晴，人们的消费热情一下子高涨起来。我们来到农贸市场时，早已是人声鼎沸了。

平时我们买肉买菜都定点在几个比较熟悉的摊主那里，这样一则不容易短斤少两，二来他们知道我们喜欢买什么。妻子熟门熟路地来到一个我们的定点摊铺前。摊主李妹是位白净的少妇，一双总是带笑的眼睛，加上甜甜的嘴巴，为自己招揽了不少的生意。她很喜欢和我们搭讪开玩笑。我们一到，她就知道我们要做腊肠了。只要说出一个数目，她就一边与我们聊天，一边手脚麻利地切肉搭配了。她非常羡慕我的妻子，说我妻子有福气。我也经常跟她开玩笑地说："我们拿一月的死工资，还没有你一周赚得多，我才羡慕你呀。"她说："你老婆哪有我辛苦啊，我哪像你老婆保养得那么好，认得你们十几年了，你老婆一点都没有变，反而越活越年轻，而我都快成老奶了。"妻子听到李妹的夸奖后也笑了笑。我一边说一边不断地打着哈欠。李妹说："你们早起一点就感到困了，我们起早摸黑地干，想打瞌睡都不行呢。"说话之间，李妹已把我们需要的猪肉、猪肠装进袋子了。

　　把猪肉拿到一家排队人少的加工点，我数了一下，前面已有六个等位的了。妻子让我排着队，她到小超市去买配料。待到她返回时，我说大概等一个多小时就可以轮到做我们的腊肠了。于是我们就在旁边的一个粉摊吃起米粉来了。妻子是细嚼慢咽地一根根数着吃，我则是狼吞虎咽地把一大碗米粉嗦进肚里。由于放了太多的辣椒在米粉里，吃完我感到全身有点冒汗了。我掏出手机看了一下时间，对妻子说，你在这里等吧，我回老家去了。妻子问我今晚回不回。我说先看看吧。妻子又叮嘱了几句，我一一点头后，就钻出农贸市场了。

　　我要回的是乡下小镇老家，因为两天前我就接到了舅舅去世的

消息。明天是舅舅扶柩还山的日子，我要去给他烧几张纸钱，添几炷香。

二

车站在城西方向，可到我们乡下小镇的班车都要在一个三岔路口停下来招揽客人。我穿过广场，从一条老街走上几分钟就到那个三岔路口了。只等了十来分钟，一辆开往老家的中巴车就停在我面前。我上了车，见只有七八个顾客，好多座位都是空的，就朝后排走去。我喜欢坐在后面，这样可以看到全车人的情况。车主又等了一下，见没有什么客人来，就开车走了。

毕竟我外出工作久了，虽说是回老家，但车上都是陌生人，没有一个相熟的。此时，我有点困倦，就闭着眼睛打起瞌睡来了。

舅舅是上吊死的，就在前几天吧，被人发现时就已经死了，都不知道他到底是死了两天还是三天了。三个月前查出肺癌后，他一下子就垮了，毕竟是八十六岁的年纪。未查出患癌之前，他还是很乐观的人。他曾经对我说："我不怕死。真有哪一天走不动了，老子一包老鼠药吞下去，死得安安然然。"大概是病痛太折磨人了吧，他用一条长毛巾把自己吊死在床头。

我一闭上眼睛，脑子里就出现舅舅上吊的情景。

这种自杀方式，想起来就感觉十分难受，脖子会生出一股股凉意。当然，我绝对不会干这种事情的。我曾经想象过，假如我很不幸地被吊在那里，我会使出吃奶力气与死神拔河的。怎么可能让绳子勒住自己呢？

三

从县城到乡下老家的路就三十多公里，我从十四岁就开始往返此路了。那一年，县城的高中统一面向全县招生，我成为我们乡下几个考上县高中的学生之一。可当时的交通条件非常匮乏，每天只有一趟破旧的班车往来，那种乡级公路的路面坎坎坷坷，车子停停走走。有时走着走着，车子就坏了，车上的人就下车等候修车，这样往往要开上几小时才能到达县城。后来，路面好些了，车子也更多了。可车一多起来，路面又被压坏了。就这样，路面坏了修，修了又坏，修修补补，四十年来，几乎从未停止过。我记忆中就没有多少日子这条路是好的。上面终于痛下决心，要把此路修成二级公路，只是还是没有修好。我虽然打瞌睡，可路面坑坑洼洼的，颠簸得要命，睡意全被赶跑了。

说实话，舅舅这些年也没少麻烦我。

那年吧，有一天我的手机响了，是个陌生的号码。我本以为是那种一声响的电话，就没理它。可手机一直响个不停，我就索性看着它响到停止。我不想接那种没有存电话号码的电话，因为那种电话大多是推销茶叶呀、开发票呀、卖房子呀之类的，我懒得跟人磨嘴皮。可一会儿，手机又响了，还是那个号码，我就接了。电话一通，我就听到电话那头有人叫我的小名，再听几句，是舅舅的声音。

舅舅在电话里说："你来公安局接我回去。"

我问是怎么回事。

他说你来了就晓得了。

我只得放下手头的工作，急忙赶到公安局，见舅舅在大厅那里坐着。见我来了，他就对那里的一个警官说："我走了啵！"

那个警官说："你走吧。"

我想问是怎么回事，舅舅一把拉住我说："走吧。等下我讲给你听。"

原来，舅舅是被老家的派出所抓起送来的。到了县里，警官们见舅舅身材瘦小，满头白发，脸颊凹陷，背有点驼，走起路来一条腿好像有点毛病，还不停地咳嗽。警官问一句，他咳嗽一阵，咳得满脸通红，鼻涕口水都流出来了。警官接着问下去，他就越咳越凶，咳得上气不接下气，很有一口气咳不上来就断了命的样子。再一问年龄，舅舅已是八十出头了。警官说："我们不能收留他了，万一有个三长两短，我们倒说不清楚。"警官们让舅舅画个押，就让他走人了。舅舅借用一个警官的手机，拨通了我的电话，我才匆匆赶到那里去接他。

舅舅说："送我去车站，帮我买张车票，我要赶回去。"

我想让舅舅在县城住一晚，明天再回去，可他是个偏性子，坚决不依。

在候车室里，舅舅一五一十地告诉了我他被抓的原委。临上车时，我塞给他两百元，他推三推四地不要。

我硬塞给他说："舅舅，就当是我借给你的，以后有了你再还给我，行吧？"这样一说，舅舅才勉强接受了。他说："好吧，玉儿，我先向你借吧，改日定会还给你的。"

舅舅上车后，和我招手再见。

我笑了笑，也向舅舅挥挥手说再见了。

四

中巴车走走停停，一路上有人上车，也有人下车，车子里的人越来越多。看见后面有空位，有两个乘客也来坐下。他们都用一种看外乡人的眼光看着我。我和旁边的青年聊了起来。原来，他家是从山里搬去街上住的，住了有十多年了，自然也就成了街上的人了。一路上我们无油无盐地说着，不知不觉车子就到老家小镇了。

其实这个去世的舅舅，不是我的亲舅舅，而是母亲房族的弟弟。因为他与我们家走往密切，才显得特别的亲近。又由于他曾练过些功夫，我在少年时代跟他学过几招防身术，所以我和他更加亲热一些。我记得是20世纪80年代初吧，当时我还是一个很叛逆的愣头青，放着好好的书不读，而休学回到家里，与一帮哥们在社会上混。有一天圩日，我们和周边村子的青年发生了冲突。他们叫来一二十个人和我们打架。我们一共才三个人，当然打不过，被他们撵得满街乱跑。这时，不知舅舅从哪里冲了出来，拿根扁担挡住了他们。他们看舅舅瘦小，仗着人多势众，根本不把舅舅放在眼里，进攻目标也转移到舅舅身上。只见舅舅大喊一声，像只被激怒的豹子，勇猛无比。他指东打西，棍法灵活，下手稳准狠，将一根扁担舞得天旋地转，呼呼生风。邻村的几个主力被敲得头破血流，落荒而逃。此时，我们才发现舅舅是位身怀绝技、深藏不露的武功高手。舅舅一战而红，成了我们的偶像。当时正是电影《少林寺》上映的年代，江湖上的拳师、气功师如雨后春笋般冒出来，把我们那颗本来就不安分的心被搅得更加地狂躁不安。过后，我们几个小青年就隔三岔五地跟着舅舅学习些拳脚棍棒了。舅舅当时在看守水碾，都五十出头了，还孤身一人。我非常不理解。后来，母亲告诉我才知道，我的房族外公家的家庭成分不好，又加上舅舅坐过十几年的牢房，刚刚释放出来不久。怎么可能有老婆呢？据说他的武功就是在坐牢时跟一位师傅学习的。

　　舅舅家在街尾的码头边上，要从大路往下拐过去才能到达，是那种泥砖砌成的瓦房，在一片荒地边缘，周围数百米之内都没有人家，属于独门独户，显得破旧矮小，说得不好听，有点像郊外的一个茅厕。旁边不远处就是原先的水碾房子。从前，打米机还没有流行时，半条街的人都要挑谷子到那里碾成白米。后来，打米机多起来后，水碾就渐渐被淘汰了。再后来，河里的水枯涸了，水碾就转不动了，成为古董摆设在那里。但临近河边的那一大片竹林树林，倒是风景优美，也为后来舅舅的晚年增添不少的幸福与烦忧。

　　走到舅舅家门口，感到非常的冷清，好像这里什么也没有发生。虽说这也是我料想中的境况，可心里还是暗暗吃了一惊。一般来说，我们街上只要哪家死了人，尤其是上了一定年纪的老人，都是要大张旗鼓地操办白事的。十村八屯、三街六坊的人们成群结队前来凑热闹。而主家要摆上几天几夜上百桌的流水席，供前来的亲朋好友吃喝，还有耍文场、打斋、放电影等一系列活动，把整个丧事办成一台热烈隆重的盛会。此时，我只看到零零星星的几个人在堂屋坐着烘火，他们面前的火塘烧着一个枯树蔸，还冒着浓浓的火烟。舅舅的棺材就摆放在堂屋的一边，棺材头前放着装有舅舅彩色相片的相框。舅舅一头白发，显得年轻精神，估计是十年前照的了。相框前面还有一个灰盆，供燃烧香纸蜡烛用的。我按照习俗，点上一炷香，向舅舅的相片拜了拜，插进香盆，再点燃几张纸钱烧在盆里，然后和那几个人围坐在一起烘火。这些大多上了年纪的老人应该是舅舅的生前好友吧。有几个人我认识，有几个人也认识我。他们知道了我是舅舅的外甥后，就和我聊开了。他们从舅舅生病聊起，一直聊到他的生平往事。有些事我是早就知道了的，而有的则是刚刚才听到。他们说，舅舅平时都是早早就开门的，可那天不见开门，他们还以为他去哪里医病了，但门又没有上锁，是从里面关上的。第一天没人在意，第二天也是这样，就觉得有点奇怪了。不管他们怎么喊，舅舅也不见开门。他们就从门缝往里瞄，一瞄就发觉情况不妙了。

不觉间，时间到了下午，我感到有点无聊了，就打算外出走走。

我走出后屋，看见旁边搭了个简易的棚子做厨房。有人喊了我的名字，我一看，是我们街上的，只是一下子想不起他叫什么来了。他说，别走远啊，再过一个时辰就可以吃夜饭了啊。我笑了笑答应了。走出门口，还有一些人在砍竹子，扎杠子，应该是为明天舅舅还山做准备的。于是，我继续沿着那条水碾沟边走。

沟水早已干涸，野草都长出沟面了。走近水碾房，想起当年我们一伙小青年跟着舅舅在竹林里习武时，这一带修竹篁篁，古树参天。现在也许是被历年的洪水冲刷过吧，竹子与树木变得东倒西歪，有的被连根拔起，到处堆积着垃圾。疯长的杂草将通向河边的路都掩埋了。水碾房不知始建于何年何月，非常的古老。残留的青砖墙还矗立在那里，没有了屋顶，光秃秃的样子。门窗早已不知去向，只空留下一副躯壳。房内杂草丛生，显得非常破败、荒凉与凋零。不由得感慨唏嘘。

我又从那里拐上了横跨家乡南北的大桥。站在桥上往下看，舅舅家和水碾房那一片尽收眼底。那里处在小镇的边缘，成为人们遗忘的角落，无事的人不会到那里的。多年前，舅舅在那里开了一个叫"快活林"的休闲庄，使那里一度成为小镇居民谈论的焦点。

五

天色又变得有些阴暗了，看样子似乎到了黄昏，气温好像比中午下降了。我没有从刚来的原路返回，而是绕了一个大圈，又回到舅舅那里。

我一边走一边给妻子打电话说："今晚我就不回去了。毕竟没有什么人来参加舅舅的葬礼。我再不留在这里，就不太好意思了。"

妻子说："你住哪里呢？"

"看样子，应该是去住旅社。"我说。停了一下，我又问："腊肠怎么样了？"

"做好了，拿回来晾在楼顶的，吹这大半天的风，好像都有些干水了。"妻子说，"明天还有好多事情要做，你可要早点回来啊。"

"好吧。"我说，"明天上午我就回去。"

吃晚饭时，一共才三桌人，"品"字形地摆在舅舅家门口。每桌就着一个汤锅打边炉，肉菜简单到寒碜。有些人连凳子都没坐，就蹲在桌子边吃喝。随着天色渐渐变黑，人的视线就变得非常模糊了。仅靠屋里照出来的一点灯光，大家走动起来如同晃动的鬼影，阴森森的。显然，这是我见过的最寒酸的白事了。若是在其他家，光是在厨房里帮忙的人至少都有十桌以上，如果加上来客，动辄就得百来桌才能应付。我们街上有这样一种说法，喜事不请不去，白事不请自来。你家做喜事了，你看得起我，把我当成兄弟朋友的话就要请我；而你家办白事了，需要安慰和帮忙，我就会主动去帮助你的，即使什么也干不了，陪你做个伴也好。这种习惯不知从何时开始就一直约定俗成了。可现在办白事味道完全变了，没有了从前的哀痛与悲伤，物质的丰富让主家有条件大肆地胡吃海喝。因为来人都要封一份礼金，因此，一般的家庭都不会出现亏空的，反而对一部分家庭来说还有更多收入。

不过，人情像把锯，你有来，我有去。也就是说，今天我家有事了，你到场帮忙；那么明天你家有事了，我定会放下手头的活计也来帮忙。小镇的人情就是如此。这么多年过去了，从人情的角度看，舅舅几乎过着一种与世隔绝的生活，从来没有到过任何一家的红白事，今天他走了，没有什么人来也是意料之中的。别人不欠他的，也就没有来还礼的必要，况且，舅舅这里不收礼金，想收，也没有礼金来收。舅舅生前曾放话留下遗嘱，如果他死了，谁葬了他，他的房子就归谁所有。

吃过简单的饭菜，我又回到屋里烘火。几个舅舅的生前好友围坐在火塘边聊天。我为了御寒，喝了几碗家酿米酒，此时在火塘的作用下，变得昏昏欲睡。

一个老叔问我要不要去他家里睡，毕竟我是从县城下来的，怕

我熬不住。

我婉拒了。我想还是去找个小旅社更好一点。

老叔又说:"你舅舅写的诗,在墙上贴着,你看。"他用手指着一边的墙上。

由于灯光太暗,我看不清楚,就用手机拍了下来,想等一下到了小旅社再认真看吧。

坐着坐着,我就想睡了,不然明天早上是起不来的。我问了一下明天舅舅还山的时辰,和他们打了声招呼就起身走了。

从舅舅家到公路这一段,没有灯光,非常黑暗,好在我的手机有内置电筒,我深一脚浅一脚地走上了大路。回望舅舅的那间屋子,像静静隐藏在黑暗深处的古堡,淡淡的灯光如鬼火般影影绰绰。我有点感慨,如果是街上别的人家办这类大事,此时此地堪与乡下的春晚一样,人山人海啊。

老街的路灯少而昏暗,走在街上,感觉静悄悄的。也许是天气太冷了吧,家家户户都把门窗关得严严实实的。也不时有人家里传出电视节目的声音。这条街道曾充满我童年的欢乐与痛苦,此时此刻,我像一个梦游的寒冬夜行人一样,虽回到这里,却已经变得无家可归了。孤单、伤感、疲惫、无聊,一起涌上我的心头,令我五味杂陈。如果是白天大多数后生们定会把我当作一个来访的外乡人的。

我知道上面街有一家小旅社,就直接去了那里。给我办理入住手续的是个少妇,她显然不知道我是本街上的人。我本来想和她聊几句,但还是忍住了。人家干吗要认识我呢?来的都是客人罢了。

算起来,父亲去世二十多年,母亲去世也有近二十年了。从前父母在世时，每到节假日，我们几个在外面谋生的兄弟姐妹都要回到老屋相聚一下。父母去世后，凝聚我们兄弟姐妹的磁场散了。原先的老屋也是风烛残年，关门锁闭在那里，几乎被遗忘了。几场大雨过后，老屋摇摇欲坠，根本无法住人了。经过我们兄弟姐妹商量后，这街上的老屋最终还是卖掉了。此后，我回乡下小镇的机会就越来越少，一般是亲朋好友的红白喜事我才回去表示一下。可大都是来去匆匆，十几年来都没有留宿在老家的乡下小镇了。这个小旅社也实在太简陋了，牙刷的细毛扎进牙龈不说，被子非常薄，还散发出一股难闻的气味。我没有脱掉衣服，而是和衣而卧。我突然记起刚刚拍下的舅舅贴在墙上的诗，就打开手机来看。

残阳劳累困悠悠，
体衰力弱难应酬。
环境优良容易度，
家境贫寒实难受。
岁暮年迈惊回首，
深悔青春到处游。
大错铸成已叹晚，
马前覆水恨难收。

——家仁八旬有感而题

"家仁"就是舅舅的名字。由于有几碗家酿米酒下肚，我很快就沉沉地睡着了。

六

我睁开眼睛时，天已经大亮了，有点昏昏沉沉，一下子还搞不清楚自己身处哪里。回忆了一下才记得昨天回老家了。简单地洗漱后就到柜台去结账，然后去了舅舅家了。

此时，久违的太阳终于露出来了。天空晴朗，白云飘逸。四下变得异常的明亮。走在街上，不时传来大人呼唤小孩的声音、婴儿的哭闹声、老人的咳嗽声。一些孩子三三两两地走着跑着，喊着自己的伙伴。尽管街两边都建了不少的楼房，可街道还是那么狭窄与弯曲。一些人家的米粉摊就摆在家门口，摊前聚集着不少前来吃米粉的老人、妇女和小孩。走着走着，仿佛进了时光隧道，那种浓浓的世俗烟火气息扑面而来，让人恍如隔世。很多往事又重现在眼前。我感觉自己昨天还是在街头到处乱跑的男孩，一眨眼，已经步入准老年的队伍了。时光的飞逝，生命的短暂，让我在这个冬日的早上有点百感交集。活在当下，是那么的美好。

我打电话给妻子说："这次做的腊肠遇上好天气了。如果有太阳连续晒上十来天，就可以尝尝味道如何了。"

妻子说："你回来了吗？"

我说："我还要去舅舅那里一下，等他还山了再回。"

可我到了那里，舅舅的棺材已经被抬出去了。舅舅家门口一片狼藉，有几个老人在屋里屋外收拾遗留下来的东西。我问了一下，他们说已经出去一个时辰了。我又问了一下葬在哪个地方。他们说是木六岭那边吧。

我退回原路。草丛里残留着星星点点的鞭炮炸过后的纸屑，我跟着纸屑，一直走到了大桥上面。我在桥上远眺，苍穹下，很远很远的木六岭那边好像有一些人在活动。我犹豫起来，到底去还是不去呢？我想，舅舅将永远长眠在那里了，还是去看一下吧。我没有沿着大路走，而是抄近道，走小路，穿过大片空闲的农田。放眼四周，都是我们儿时玩耍的乐园。寒假时，我们一帮小伙伴在这些收割过的田地里翻筋斗、捉迷藏、打红薯窖，有时还用鞭炮引爆田里的牛屎。此时此刻，地还是当时的那样，可人已不是当年的人了。也许是我走得急，全身有些冒汗。等我赶到时，他们已经把装着舅舅的棺材放入事先挖好的方井里了。旁边有个风水先生在指挥，然后大家就将泥巴往里盖。这是我见过的最简单的葬礼了。他们说，舅舅生前曾经留下话，死了就死了，一切从简，埋得越快越好。如果从人死后入土为安的角度看，舅舅说的也有道理。尽管人手少，但他们干得又快又卖力，也就半个钟头的工夫，舅舅的坟茔就做好了。坟茔是用纯粹的泥巴堆成的，在旁边找了一块大一点的石头竖在坟前充当墓碑，与周边一些做工考究、极尽奢华的坟墓形成极大的反差，就像豪宅旁边的一个破茅棚罢了。我想，以后的清明节谁会来给舅舅扫墓呢？如果大雨一来，这个称作坟茔的土堆很快就会踏冗下去。雨水丰沛的话，一两年时间，蓬勃茂盛的野草就会将他的坟墓隐藏得无影无踪了。小镇上还会有谁记得舅舅的故事呢？

　　我沿着公路走向车站。说是车站，其实就是进入小镇街上的一个三岔路口，旁边建有一个小小的便民亭子而已。小时候，车站属于国有企业，班次很少，有专门的售票员，需要提前几天买票。后来，车子变成私营性质后就用不着专门的售票员了。况且，现在的车子班次很多，从早上七点到晚上六点，平均半小时左右发一趟，往返城乡之间。车来客上，到点发车，车上有跟车的人售票。我坐在亭子里，不到一刻钟，一辆还是昨天那种中巴车就从街上开下来了。车上的位子差不多满座了。我依旧走到后排坐下，车上的人我依旧都不认识。一会儿，听见那个跟车的女售票员向窗外喊："快点，车子要开了。"

我看了看窗外，只见一个妇女拿着一卷编织袋急匆匆地跑过来，上了车，一边喘气，一边笑。

跟车的女卖票员说："昨晚又打牌到几时？"

"差不多天亮才睡觉。"那个妇女嗓门很大地说，"我赢了钱，他们都不许我睡，硬要我打到底，困得要死。"停了一会儿，女的又说，"冬至到了，去县城进点货。"

女售票员一边把头伸出窗外看着，一边对司机说："开车吧。"

车子慢慢驶离车站，女售票员从前往后开始卖票了。

她一边问一边卖，走到我面前时问："你到哪里？"

我说："县城。"随即掏出钱包买票。

我坐在窗边，阳光正好晒在我身上，暖融融的。

2017年6月

●

我安静地离开

一

　　窗外渐渐发白，新的一天又开始了。不过，这一切对我来说，似乎没有什么意义。

　　大概有八九天了吧，记得也不是太清楚了，我拒绝咽下任何东西，哪怕是半粒饭、一滴水。开始时，我饥肠辘辘，唇干舌燥，但还是咬紧牙关挺过来了。现在，我什么感觉也没有了，好像一直处于一种迷迷糊糊、似睡非睡的状态。有人推开房门时，我就闭上眼睛，甚至连呼吸也有意停止。来人往往看上几秒就连忙关上房门跑走，还说上一连串的臭话。

　　没有人的时候，我就睁开眼睛望着窗口。窗口像一幅画，填在里面的是一年四季变化的景色，春夏秋冬是不同的，晴天和下雨是不同的，白天和夜晚也是不同的。风是有颜色的，雨是有颜色的，阳光当然也是有颜色的。窗口的景色每时每刻都在变幻着，我可以区别画面里细微的不同。一滴很大的雨点会迅猛地敲打在窗子的玻璃上，然后像炮弹一样地炸开；而一粒毛毛雨会像小猫一样柔柔地趴在窗上，温柔恬静。早晨的光亮是带有生长型的，会越来越亮；而傍晚的亮光则是收敛型的，眨眼之间，光线就渐渐暗淡了。

　　我就一直这么躺着，眼睛老是定格在窗口，一动不动。房间只有几平方米，对我来说也足够大了。自从躺在床上的那一天开始，我就一直在等待。开始是等待我会有所好转，后来我放弃了这个幻想。而此时此刻，我在等待死亡的到来，等待阎王爷把我从这个茫茫无边的苦海里带走。

　　多年前的那个夜晚，我毫无征兆地倒下之后，我的人生就再也没有站立起来过了。

　　当时我和妻子都是四十出头，儿子正准备上中学。为了儿子是留在县里读书还是去市里读书，我和妻子几乎吵了整整一个假期。争吵的矛盾点是市里的教育质量好，可儿子不在身边，怕监管不到位；在县里读书，我们比较容易知道儿子的方方面面，可教育质量又不太尽人意。吵来吵去，最终统一了意见，决定让儿子去市里上中学，因为儿子的好几个同学都去市里上学。由于从我们的县城到市里要两个半小时左右的车程，所以儿子只能住校了。刚开始我们还经常去看望他，后来就用不着了。儿子与他周围的伙伴混得很熟，除了往他卡里存钱外，其他的我们都用不着操心了。由于我们双方家庭都没有什么老人了，这样一来，我们又进入了两人世界，但已经不是刚结婚时的那种两人生活了。我们都有自己的活法。我的朋友圈有好几个，同学的、乡党的、亲戚的、同行的，还有一帮乱七八糟的狐朋狗友。这些圈子像一个个游泳池，不过池里装的是酒而不是水。我在这些圈子进进出出，钻来钻去，到哪里都是酒，无论如何也都突围不出这条用酒浆浇灌成的忘忧河。尽管我酒量不小，但由于是性情中人，喝起酒来好比喝水一样的干脆，所以，我常常是醉得不省人事，被朋友们送了回来。可几天过后，元气恢复，重整旗鼓，我又在酒桌上吆五喝六的了。妻子也习以为常，因为她和一拨家境大体相仿的女人结拜成姐妹，隔三岔五地聚集，今天到你家，明天到我家，吃喝啦，购物啦，出游啦，但最后都要回归到麻将桌旁才能安定下来。她们在麻将桌边练出了耐性，经常把我家当成了她们的娱乐大本营，吃喝拉撒全部在家里，姐妹们有时也睡在家里。而我则像是把家里当成宾馆的外人，只有喝醉了，才由朋友们架着回到窝巢。

当晚，妻子和她的几个姐妹们在家里的棋牌室搓麻将。这些姐妹们看见我待在家里，觉得有点奇怪。我就向她们解释自己连续几天的海吃山喝，感觉身心疲惫，思维迟钝，想好好地休息一下了。

我说："只要手机响起，就感觉心惊肉跳，因为大多是约出去喝酒的电话。"

姐妹们都笑了起来。

为了更逗她们好笑，我又说："现在是看见洒水的'洒'字都想吐，就更不要说喝酒了。"

一个姐妹说："这句话我听了不下一百遍。等你身体好起来后，三天没人请喝酒，你喉咙就会淡出鸟来了。"

大家又都笑了起来。她们太了解我了。

当天晚上，我确实挂断了好几个约酒电话，索性把手机关掉，一下子感觉安静多了。可突然闲下来，心头就有点发慌，也许是经常的醉酒产生的忧郁症，我备感无聊沮丧，有点心虚气短。尽管天气不是很热，可我却大汗淋漓，我把电风扇定向自己吹着，然后躺在沙发上打算看看电视，可手里拿着电视遥控器，脑子里像塞进一包糠，只是不停地换台而已。

自从电视机安装机顶盒后，可以观看的电视频道有一百多个。反倒给我出了难题，不知道看什么节目了。有时我经常是从第一个数字开始按，一直按到一百多，这中间停停看看就要几十分钟时间。如果再从后面的一百多频道又换台到第一个频道，也是看看停停的话，又要几十分钟，晚上的时间就这么消耗了。与其说这是看电视，不如说是让电视做个陪伴，有声音图像而已。

当时我心不在焉，目光游荡在不断变化的节目中，感觉所有的内容都是大同小异，不是相亲，就是唱歌，不然就是雷人的电视神剧。转到一个电视购物节目，我停了下来。电视购物的介绍人是两个身材火辣的女子，穿着比基尼在推销一款保健产品。她们你唱我和、口若悬河、滔滔不绝，把新产品说得神乎其神。一边是不断打进订购新产品的电话铃声，一边是买一送一大优惠叫卖，同时还有倒计时的时针响起。催命似的，好像再不抢购，马上就卖完了。看得人的情绪都被带动起来了。我停下来并不是想买什么产品，主要是想看看推销产品的女子，看看她们凹凸有致的身体曲线。看了一下，也没觉得有趣，我干脆把电视也关了，打算去洗澡，然后美美地睡上一觉。我想当睡眠充足，残存在体内的酒精排泄得无影无踪后，身体便能恢复，我又可以在酒桌上豪气冲天了。

在卫生间里，我把自己放松，让喷头的水淋在头上身上，好像可以冲掉体内多余的杂质，很是舒服惬意。可冲着冲着，我就感到有点头晕。我想蹲下来缓缓，一下子就顺势倒在卫生间的地板上了。我想撑起来，可无法动弹；我想喊，又喊不出声来，就一直看着喷头的水哗哗地淋着自己。

我听到妻子她们搓洗麻将的"噼噼啪啪"声，还有她们的说话声、笑声。

"安，你在干吗？"妻子喊，"帮我们泡壶茶来。"

她以为我还在客厅。等了一会儿，没有听见我的回音，妻子又叫："听见吗？安！泡壶茶来。"

也许是妻子听到卫生间的流水声，知道我在洗澡吧。妻子就到客厅自己泡了。

又是妻子她们的说话声和麻将的碰撞声，有时是一惊一乍的笑声，还夹杂一些从女人嘴里说出来的粗话。

大概一壶茶下去后，姐妹们的小腹就有些发胀了，她们想上卫生间。可我听见妻子说："安在洗澡，先忍一下吧。"

又过了几圈麻将，一个姐妹忍不住就跑到洗手间门口喊我，里面只有喷头的水哗哗地响着，我什么也应不出。

她回到桌边说："我忍得都打战了。"

妻子也觉得有点奇怪，就跑到卫生间门前吼起来："安，你有完没完？"

见里面没有回答，就来拍门。我想应，可应不了，当然也就没有回应。我听见妻子用脚踢门，我在里面依然无动于衷。妻子有些急了，她叫来姐妹们一起用力踹门。

门被踹开后，她们看见我躺在地上，一丝不挂，眼睛是睁着的，嘴巴动着，好像喃喃自语，但不知道我在说什么。

她们惊呆了。

妻子叫了几声没有回应，差点哭了起来。

一个姐妹说现在还不是哭的时候，她把一条毛巾盖在我的私处。大家也顾不上太多体面，几个姐妹不管三七二十一，七手八脚地将我抬到沙发上平躺着。妻子又找来一条毛毯将我包起来，急忙拨打120。然后，她们像热锅上的蚂蚁一样，不停地围在我的旁边转来转去，显得手足无措的样子。没过多久，就听到楼下响起急救车的报警声了。

二

此时，从楼下街面传上来的声音判断，到中午了。有很多小学生在街上像一群小鸭子一样嘎嘎地叫着，在放学回家的路上，他们在街边的摊点买自己喜欢吃的东西，或看一些路边兜售的玩意，还不时地喊叫着。这个我太熟悉了。

我家住在临街的五楼，楼下就是街市。从前我经常步出阳台，看着楼下的街景。街的两边是两排高大茂盛的天竺桂树，一年四季浓荫覆盖，已经长有一些年岁了。每天天刚蒙蒙亮，浓密的天竺桂里就会传出叽叽喳喳的鸟鸣声。我在床上听着鸟鸣声，会不知不觉地想到一句话：早起的鸟儿有虫吃。那些寻找生计的人们也像鸟儿一样开始四处忙碌了。汽车声、摩托车声、自行车声和行人的走路声，不时搅碎街上的平静。早起的小摊贩们，推着各自的三轮车沿街叫卖早点了。过去都是用嘴吆喝的，后来则在车头挂一个喇叭，不断循环播放事先录制好的吆喝声。从豆浆、油条、包子、馒头，到白糕、油团、汤圆、甜酒，应有尽有。这些小摊贩们长年累月风雨无阻，从清晨到傍晚，都在走街串巷地叫卖着，成为小县城的一大特色。也只有在这种摊点，才能吃上正宗的本地小吃。到了中午，楼下更是人声鼎沸、喧闹无比。街两边的店铺都用扩音机来推销自家的商品，从早到晚无间断地循环播放。而两边的人行道上是长长的各式各样的摊点依次摆放着，有衣帽鞋袜箱包、日用品小五金、水果糕点烧烤、臭豆腐棉花糖，还有看相算命、代写香火、手机贴膜、中医草药、收购旧币古董，等等，琳琅满目，各具特色，俨然成为品种齐全的购物步行街。在大大方便百姓交易的同时，也给行走的路人带来很大的问题。曾有人反映这里占道经营，市政也来干涉取缔过。不但屡禁不止，反而愈演愈烈。后来市政部门干脆在人行道上画出摊位出租，既可创收，又可规范摊点，使得街道两旁变得整齐有序起来了。现在无论白天黑夜，还是刮风下雨，楼下依旧是热闹的街市。曾经我有事无事，特别喜欢在这种摊点前逗留，有时也买一些物美价廉的日常生活用品。穿行其中，会感受到一种浓浓的世俗烟火气息。我遇过一个卖药酒的中年男人，样子像农民，不显山露水，目光有点世故，可说起话来，那口才岂是一个"好"字了得。他出口成章，还押着韵脚，把他的药酒说成包治百病的灵丹妙药。而他每天能卖上好几大瓶药酒，曾经有一个多月的时间，下面有一家店铺从早上开门到晚上关门，只循环放着一首歌曲，好像是什么穿红裙子的季节吧，而且声音特别大，听得人都快发疯了。歌声浮上来将整个街面撑得满满当当的，仿佛空气都被红

色的裙子包裹得严严实实的了。

现在，回到那个夜晚。如果当天晚上，我死了倒好，可是，我没有死。按通俗的说法是，我捡回了一条命。

进了医院检查后才知道我是脑出血。医生将我的头发刮掉，在头顶钻了小孔，插入管子，把里面的淤血吸出来，但效果不是很理想。会诊后最好的方法还是开颅手术，若去市里的医院做手术会更好些。可鉴于我的身体状况，不宜搬动太多，更不能长距离颠簸，请市里的医生来县里做手术则是最佳的选择。妻子只能听医生的安排。可手术是有风险的，一种是死亡，另一种是成为植物人，否则就是保守治疗，其结果当然也是凶多吉少。如果做开颅手术，则需要家属在单子上签字。几位医生在那里一边看 CT 片，一边把我的病情告知妻子。开颅还是不开颅，这成为妻子面临的两难问题。妻子在几个好姐妹劝说下，决定放手一搏。她们站在旁边看着她战战兢兢地在单子签上自己的名字。她的手一直都在发抖。

市里的专家医生毕竟技高一筹，他们将我的一块头骨切了下来，清除了脑子里面的杂质后，又补了回去，就像我们看到的补锅一样。

我活过来了。

我睁开眼睛了。

我嘴角会动一点了。

我知道，在我住院的那段时间，亲朋好友大都去看望了我。他们都安慰妻子说："会好起来的，他会好起来的。"

他们举出一些例子做证明，说不久的将来，我定会生龙活虎的。

有些朋友还开玩笑地对我说："要不要把吊瓶换成酒瓶，说不定会奇迹般地好起来。"

我的内心感觉非常的温暖，也认为有一天我会突然又站起来的。

我能记住来看望我的每一个人，我想对他们表示感谢。

我说话了，但含糊不清，只是嘴唇动动，喉咙响响而已，他们根本不知道我在说什么。我的脑子是清醒的，能吃下他们喂给的东西，但我的手脚不能动弹。

躺在医院里的时光是漫长的。大家都忙，妻子除了喂药喂食给我外，也不用时刻守在我身边。我好像没有什么变化，就那么一直躺着。住院等于在烧钱，本来就不是很富裕的家庭，经过我这么一折腾，几乎给掏空了。

又过了很久，我还是这个样子。妻子就为我办理了出院手续了。

从医院回到了家里，刚开始妻子对我还是细心周到的，每天都为我翻身、擦洗。我想说什么，尽管说不出来，可妻子能根据那些单调的音节心领神会。

我在静静地等待着，做梦都希望自己有一天能一跃而起。

我躺在床上看着窗外的景色，以此打发无聊的光阴。我听着从楼下传上来的各种声音，仔细地辨别它们，想象它们是如何发出的，它们的主人是谁？它们每天有没有什么变化。渐渐地，我听出了其中的丰富内容。我用回忆唤起曾经生活中的那些美好，来填补眼下现实的单调、枯燥与乏味。

时间一天天过去了，我的病情非但没有好转的迹象，反而更加走下坡路了。一种沮丧的情绪像慢慢上涨的河水，将我一点一点地淹没了。

记得小时候曾听说过一句话：贫居闹市无人问，富住深山有远亲。当时还不是很理解其中的含义。现在，我终于明白了。

我刚从医院回家后，不时地，也还有一些亲朋好友来家里看望我，但渐渐地，就没有人来家里了。

有一次，家里的确需要用一笔不少的钱。我让妻子打电话给原来的亲朋好友帮忙，可电话那头不是说手头紧张，就说在外地。他们还仔细地询问我的情况，说是正在忙，待忙过这阵子就来看我。可这个承诺，像等待西边出太阳一样遥遥无期。他们最终也没有来。再让妻子打电话，不是变成空号，就是正在忙碌中——妻子的电话号码被拉入黑名单了。

妻子和她的几个姐妹一搓麻将就会吵架，这在过去也是没有的。后来麻将搓得越来越少了，再后来，妻子也经常不在家了。家里就我一个人待着。每天从早到晚，我只能看着窗口发呆。有时，我数着楼下路过的车辆声，算算一个上午有多少辆汽车和摩托车来来往往。

一年过去了。

又一年过去了。

很多年过去了，我已经被人遗忘，也从一些人的记忆里彻底清除掉了。

我的房间早已成了我的坟墓。

三

　　如果你在夏天的下午，进入我们这里农贸市场的肉行，就会闻到一股发臭与腐烂的气息，那是隐藏在角落缝隙的腐肉散发出来的。很多年来，我就像一块丢弃在旮旯里渐渐发臭的腐肉一样，正在一点点地变烂，发出难闻的气味。此刻正是夏季的下午时分，窗外，躲藏在树荫里的蝉长一阵短一阵地叫着，一副有气无力的样子。阳光西晒到我的房间里，空气里弥漫着那种腐肉发臭的味道。如果打开房门，臭气会散到家里的每一个角落，所以，我的房门永远是关闭着的。很多年以来，我已习惯了这种气味，也就变得无所谓了。

　　一个小摊贩的叫卖声游街而过："八宝粥——绿豆粥——南瓜粥——小米粥——清补凉——冰糖水！粽粑——凉粽——米冻——豆腐脑！"依然是喇叭不断循环的声音。楼下的街市有点乱哄哄的了。我知道，是彩民们又聚集在下面商量、猜测和相互透露信息的时候了。

　　妻子和她的姐妹们争吵的原因是，她输钱了都没有给她们，而是欠着。我知道，不是妻子不想给、故意要赖，而是我病倒以来，家里就入不敷出了。妻子每天看着我一副要死不死、要活不活的样子，怨恨也一天天地累积起来了。你想，如果她喂养的是一头猪，长大了还可以宰杀来卖。而我像一堆废料、一块臭肉、一个烧钱的无底洞，对她的折磨还不知道到哪一天才能结束。

　　"趁自己年轻还有几分姿色，"一个姐妹对她说，"该怎么打

算就怎么打算，何必守着一个'死人'呢！"

这个姐妹已经把我当作死人了。

……

在姐妹们的劝说开导下，妻子渐渐从阴影中走了出来，她重新收拾自己，把家庭的不幸抛到九霄云外去了。正如那些久旱无雨的蔬菜，歪歪蔫蔫的，几场雨水过后，蔬菜就变得光鲜葱郁起来了。

我的妻子开始热衷同学聚会，先是高中时期的，然后是初中的同学聚会，最后连小学的同学也搞起聚会来。我想，如果她记忆好的话，幼儿园的同学都会联络起来搞聚会的。有句话这样说：老同学聚会，拆散一对是一对。的确，有不少的同学聚会后，原先的老情旧爱一齐复燃，最后有情人终成眷属了。

刚开始，我妻子经常不回家。我在床上饿得肚子咕咕叫也没办法，只能是饿昏了就睡，睡醒了又接着饿昏过去。后来妻子和她的姐妹们又恢复在家里搓麻将了，只是多了一个男人。我不知道这个男人长得怎么样，可我感觉到他的存在。麻将结束了，姐妹们走了。这个男人没有走，像妻子的影子一样跟随着她……

他们是怎么样认识，又怎样在一起的呢？我随便想想便知晓个八九分了。

他们在耐心地等待着我有一天从这个世上消失。他们计划着如何重新开启爱情的帆船。或许他们真是今生有缘了。

如果他们外出是以什么样的身份呢？朋友？情人？还是夫妻？我不想知道，也不必知道了。

但话说回来，我和死也没有多大的差别了。只是，我要尽快地死掉，才能让她真正的自由自在吧。

四

此刻是夜晚时分，文化广场上的歌舞声像潮水一样涌来了。

文化广场是县城的中心，原来是标准的田径运动场和足球场。多年前的一次改建后，铺上了清一色的大理石地板，美轮美奂的音乐喷泉、富丽堂皇的圆形灯柱、具有民族特色的群雕，让原先的简陋转身为华丽，成为一个花园式的文化中心广场。这个广场距离我家不到百米。我以前经常早早来到广场散步，看见偌大的广场被不同锻炼身体的人们占满，有的练习太极拳，有的练习太极剑，有的练习扇子舞，更多的是在练习健身操，大家面前摆放着显示屏幕的同时，还有一个老师带领大家做动作。上午就有人把简易的卡拉OK设备推进广场，而且有很多家，因此，歌声不断地在广场的上空飘扬。到了晚上，广场更是显得热闹非凡。不只是退休的大爷大妈们来了，闲得无聊的人们也来了，很多下班后需要锻炼的靓女靓仔也加入其中。整个广场上的卡拉OK是一家比一家唱得响亮，广场舞的方阵是一组比一组跳得欢快。一些人把儿童的游乐设施也搬进了广场。小孩由家长们陪同着，滑滑梯、碰碰车、抛圈、钓塑料鱼、玩橡皮泥，广场俨然成为一个儿童乐园。一些小商小贩把地摊也摆进了广场，多以儿童玩具和小佩饰为主，各种各样的塑料玩具枪和玩具车、荧光棒、小发卡、手串、梳子，数不胜数。东一摊，西一摊，每摊的前后左右都围满了人。广场周围的树脚被砌得方方正正，用大理石镶得美观大方，成为天然的石桌石凳。那些跳不动

115

舞、唱不了歌的老人们则坐在上面打牌、聊天、拉家常。

如此热闹欢快的地方，只可惜，我没有机会再去到那里了。

现在，我想讲讲儿子的故事了。我们把儿子送去市里上学没有
错，错的是我病了。我这一倒下，等于是家里的顶梁柱断了，让我
的家庭一下子陷入困境。妻子存给儿子的钱就大打折扣了。儿子正
值青春期，叛逆的性格加上又远离我们，他变成了一匹没有缰绳的
野马。尤其是迷上网络游戏后，他白天上课要么无精打采，要么在
教室里睡觉，有时甚至连教室都不去。尽管学校是封闭教学式管
理，可到了晚上就寝时，他把蚊帐放下来，床下摆着鞋子，衣服脱
下来挂在床头，若是不撩开蚊帐，别人还以为他在里面睡觉呢。其
实，我儿子早已经悄悄地翻墙外出去网吧上网了。就这样，他一次
次骗过了来学生宿舍值班查夜的老师。他像老鼠一样昼伏夜出，同
学里没有人敢说他，而老师也一直被蒙在鼓里。可常在河边走，哪
有鞋子不湿的呢。终于，有一次被老师发现了，老师把他的所作所
为告诉我们，罗列了一大串他的在校表现，真可谓是劣迹斑斑。可
这个时候我已经躺在床上不能动弹了。妻子往返了学校几次，苦口
婆心地、泪一把涕一把地教育儿子，可儿子全当耳边风，不但不思
改过，反而变本加厉，最后妻子也无能为力了。后来，儿子干脆把
网吧当成自己的家，吃喝拉撒全在里面。可这得花钱，于是他就结
识几个与他一样性质的伙伴。他们先是去其他网吧盗窃，后来是抢
劫。儿子在一次械斗中，被砍了十几刀，刀刀砍中要害，当场毙
命。

五

　　此刻，已是午夜时分。我的意识迷迷糊糊我知道自己熬不到天亮了，我知道，妻子一直在等待这一刻的来临。她和新欢憧憬着未来的生活，已经商量好什么时候结婚、去哪里度假了。

　　我感觉自己奄奄一息，对这个世界已生无可恋了。

　　我想，我死了以后，最好是拉到邻县火化，因为我们县暂时还没有火葬场。骨灰最好也不要留着，撒掉算了。这都是身后之事了。我活着都搞不清楚自己，又怎么能管得着自己的死后呢？

　　我好像只能出气，没有进来的气了，但总算用尽最后的一点点力气，排泄出一串既臭又黑的宿便，因为我不想带走这世上的任何东西，哪怕是自己垃圾。

　　我想安安静静、干干净净地离开。

　　我渐渐化为空白，感觉自己坠入了永恒的黑暗深渊。

2017年12月

●

陈皮十一片

一

年末，好像总有做不完的事情，给人一种急匆匆、乱糟糟的感觉。天空的毛毛细雨飘忽不定，时稀时密，犹如飞来飞去的信息。有个传闻，好比一条漏网的小鱼，在污浊的路面晾着，没人在意。说的是要处决几名死刑犯，其中有个人叫陈皮，是我朋友。我也只是无意中听到这个消息而已。有次，与相熟的朋友们在一起聊天时偶尔提到此事，才又让人想起三年前陈皮制造的特大杀人案。

有的说："现在才枪毙？我还以为早处决了呢。"

有的说："我都忘记这件事了，现在才有着落。"

大家都觉得这个案子拖得太久了，现在才处决也不过是有个交代罢了。

二

我与陈皮是在三十多年前就认识了，他的前世今生，我可以子丑寅卯地盘点出来。

那一年，我们都考上县里的教师进修学校，成了同窗。县教师进修学校的前身是县师范学校，后来被收回一部分权利，就变成教师进修学校。文凭还属于中等师范，毕业证上的公章也打有教育厅的钢印。但进校的生源不同了，一般的中等师范学校是从初中毕业生里招录的，而教师进修学校的对象则是在职的公办教师。说白了，就是给那些没有中师文凭的老师补发一个证书而已，好让他们名正言顺地继续教书。这些在职教师在讲台上舌耕多年，教学经验是有的，只不过没有文凭。而没有文凭，职称评定呀，调资呀，调动呀，评优评先等都有可能受到影响。进修学校每年就招一个班，共几十个名额学员有年龄的限制，只要超过四十岁就不能报考了。我们班的学员大都是当年考取公办教师后，又考入进修学校的。我记得我们班有三分之一的人入学前已结婚成家了。两年同窗中，又有三分之一的人结婚了。剩下三分之一的人，是毕业到新的学校教书后才陆陆续续结婚的。我和陈皮都属于这剩下的三分之一。当时，我们是拿着工资读书的，没有家庭负担，自由自在，与高中时期依靠父母供给伙食费相比，真是不可同日而语。

报到那天，我选择了宿舍中一个靠墙角的上铺位，把行李铺好后就躺在那里闭目养神。顺便说一下，我们住的是集体宿舍，几排高低铺床，如果住满的话，可以挤三十多人。而我们班一共才四十人。除去十几个女生，就二十几个男生，所以有些床位就空着。我希望我的下铺空着，以便摆放些箱子和杂物。

我躺下没有多久，陈皮就来了。当时我还不知道他叫陈皮。

他大概见我的下铺空着，就用手碰了碰我，问："喂，兄弟，下面有人住了吗？"

我睁开眼睛，看见一张瘦脸，面目还算和善，头发乱蓬蓬的。我坐起来回答："没有。"

他说："好，那我就住这里了。"

随后，我们就聊了起来，交换了名字、乡籍。我和他年纪相仿，都是那种一捞即熟的韭菜性格。就聊了半个钟头，我们似乎认识了很久。当晚，我们在学校门口不远的米粉摊，切了一斤卤猪头肉，炒了两盘米粉，打上几斤家酿的米酒，就开喝起来。我们天南海北地聊开了，都喝到了七八成的酒量。酒是人与人之间有效的润滑剂，但在酒精的作用下，人会露出自己的本性。酒品如人品，酒品酒德好的人，一般不会坏到什么程度；酒品酒德差的人，再怎么说也好不到哪里去。当晚，还有与我一同考入学校的西早，当然，还叫上了几个其他同学。而陈皮、我和西早，一开始就形成的三角友谊，真好比是桃园结义的"刘关张"，靠一条文学的经线牵着，我们臭味相投、惺惺相惜，在毕业多年以后依然延续着这份情谊。但因为生活的缘故，我们在人生的轨迹上分道扬镳，渐行渐远。可无论如何，在两年的进修时光里，那家米粉摊成为我们寻找喜悦或是借酒消愁的经常去处。喜也好，悲也罢，愁也好，闷也罢，唯此处此酒最好解忧。

三

在上进修学校之前，陈皮在他们村里做了几年代课教师，而我在本乡当山村民办教师。民办老师与代课老师的待遇是有区别的：民办老师的工资低，但有正式的档案，转正后民办时间可以一并计算工龄；代课老师的工资高，但有点像临时工性质，转正后的代课时间不计入工龄。别小看这样的区别，因为有的老师可能做民办或代课的时间很久，多的可达一二十年甚至更长，如果同时转正，重新计算工龄后，工资档次就明显地拉开了。我属于比较幸运的一批，刚刚当民办老师两年，赶上政策利好，生源增多，学校老师紧缺，考试合格后，全县大部分的民办或者代课教师都转正成了公办教师。与我同时转正的，有些还是我们的小学启蒙老师。

高中毕业那年，我到本乡三十多里外的大山深处做一名民办教师。学校就是一间木皮盖就的泥屋，也就二十来平方米。桌子、凳子都是山里的孩子从家里自己带去的。那所学校就我一名老师，实行的是复式教学。三十几名学生加上他们带来的弟弟妹妹，使得教室里很是热闹。一年级上课，二年级就预习；二年级上课时，一年级就抄生字。平日里，学生做作业时，我就站在教室门口看村里的鸡鸭寻食、母猪拱地。在学校无聊的日子，让我开始了阅读。那时，我手里拿着的是流行文摘之类的杂志。与我同在山里当民办老师的西早见了，就向我推荐了国内一流的文学刊物。从此，读着读着就越发不可收拾，文学的星星之火在我荒芜的心灵原野上蔓延开来。当时，我们山里七个教学点同属于一个大队。西早与我挨得近些，我们常常在周末相聚，把酒助兴，交流一周的阅读心得。正是在他的启蒙下，我对文学从表面的浮光掠影，升华到文学即人学的本质认识。

陈皮的经历与我差不了多少，只不过是一人孤军奋战，没有遇到朋友的指点而已。那时在进修学校，我们几个一拍即合，成立了一个文学社，起名叫"旋风"，意思是要在当地刮起一股强烈的文学旋风。但只出了两期，是蜡刻油印的，就停更了。不过，把自己的作品印在纸上，或多或少也让我们有了一种成就感。

四

进修在学校用过，晚饭后，我们常常去散步。沿着学校门口往西约一里，柏油马路的尽头属于县城的边界了，再走就是沙石公路，属于郊区，算出城了。这里的路边是草地、竹林和菜地。不同的岔路小径，又通向不同的村子。往南放眼望去，是大片交错的田地，田里种植着水稻。而地里的农作物则随季节的变化而变化——玉米、红薯、黄豆轮番将大地点缀成不同的颜色。

走着走着，我们就坐在路边的草地上聊天。

陈皮对我说："我的人生目标正在一步步实现了。"

我问："什么目标？"

"成为公办老师是第一步，"陈皮说，"有一张中师文凭是第二步。"停了一下，"如果再能讨上一个老婆，人生就完美了。"

我问："那文学呢？"

陈皮说："文学不是生活的全部。"停了一下，他又说："但一定是人生中重要的砝码。"

我又问："你想找什么样的人做老婆？"

陈皮感慨说："当然能找一个老师就好了。"看着慢慢变黑的天空，他又说："如果不行，那找个会做生意的也行，聪明能干，但关键是要长得好看一点。"

我说："你是不是打算找那个职业班的女孩？"

陈皮笑了笑说："没有的事。那纯粹好玩的。我可没有那种福分。"

我们进修学校有三个班，一个是上一年招的，一个是我们班。这两个班都是公办老师。但与我们同年入学的有个职业班，生源是初中生。他们的学制是三年，学习文化课的同时，也学习教学法之类的课程，毕业了一般都去当代课或者民办老师，教学满几年后，就可以参加转正考试了。这个班的女孩特别多，大都是十六岁左右的花季年龄。有个叫晓芸的女孩经常来找陈皮借书。刚开始，大家都不太在意，后来，次数多了，就成为一个公开的秘密。只要这个女孩一走到我们班的窗前张望，就有眼尖的同学提醒陈皮说："喂，陈皮，有人找你了。"随后，班里浮起浅浅的笑声。当时，陈皮不知怎么就与这女孩搭上的，也许是年纪相差不是太多吧。

有一段时间，我看见陈皮很认真地在一个本子上写着抄着。

一天，我问他，又出了什么新作，拿过来看看。陈皮对我是不隐瞒的，就让我看。我翻开本子才知道里面是当时流行的一些歌曲的歌词。其中有一首《恰似你的温柔》，我在二十年以后才知道是台湾歌手蔡琴唱的。因为当时信息不像现在这么发达，抄歌曲、摘录名言名句、收藏报剪，是非常普遍的方式。陈皮从杂志、报纸和别人的歌本里好不容易找到这些歌曲，再一首首地抄下来，收集成厚厚的一本。他不仅编排目录，还抄曲抄词，给每首歌曲插上彩图。由于陈皮的字写得非常好，那歌本几乎可以与印刷本媲美。

在我的追问下，陈皮向我坦陈与晓芸的交往经历，其实也就是普通的交往而已。

第二个学期，我和陈皮终于如愿以偿地在县里的同一期内刊上发表了处女作，他发表的是一首诗，我的是一篇小说。我至今记得当年那期内刊，一只写意的凤凰像朵花一样盛开在封面，清新、淡雅、脱俗。陈皮的诗歌在栏目头条，稿费是8元。我的小说在栏目二条，稿费是25元。而当时的小吃店，炒一盘牛肉是4角，米酒一斤2角5分。你想想看，当时我们的激动。为此，我们大吃大喝了好几天，醉了好几次。搞得米粉摊的老板娘以为我们当中有人结婚了。这本内刊，在我们同学中也引起轰动，在职业班的学生中争相传阅，尤其是那些女孩子，看见一个可以把名字变成铅字的人站在眼前，羡慕之情溢于言表。当时我们感觉成功好像就近在咫尺了。

有一天晚自习，陈皮约晓芸去散步。晓芸她们班点名时发现少了她，派人到宿舍去看，也不在。晓芸既不请假，又不在教室宿舍，就这事有些奇怪，于是报告到了班主任那里。当时，学校的管理还是比较严谨的，尤其是这个职业班。班主任急了，就一个个盘问晓芸的同学。有一个同学回忆说，好像见她与陈皮走出学校了。于是，班主任就带人去寻找。其实，出了学校没走多远，就看见陈皮与晓芸在柏油马路边的树下。女孩是站着的，陈皮则坐在树丫上。时值满月，天上的月亮刚刚从东边升起不久，晓芸的笑声荡漾在月光下。可那一刻的美妙，被赶来的班主任打破了。

事后班主任找到陈皮语重心长地说："你这样做是不行的。人家尚未达到十八岁，万一出了什么事情，你会吃不了兜着走的。好自为之吧。"

陈皮像做了个梦，一个踏空，梦醒了。

那个女孩长得实在可爱，小巧的个子，精致的五官，会笑的眼睛，扎着马尾巴的辫子。走路时，辫子一甩一甩的，挺有气质。对我们班的同学，开口一个老师好，闭口一个老师好，叫得人心痒痒的。女孩从小在单位长大，家境优裕，当时就能穿上那种绒毛大衣配皮短靴了。

后来，女孩的家长发现了她的秘密，害怕她目光短浅，就把她转走了。

陈皮对我感叹："我真是一只想吃天鹅肉的癞蛤蟆啊！"

五

两年的时光转瞬即逝，回想起来，好像一眨眼就过去了。当时的原则是，从哪个乡镇招来进修的，仍旧回到哪个乡镇去继续任教。像我，还是回到自己的家乡，只不过不再回到山村小学了，而是到了乡中心小学，这对我来说，无疑是翻天覆地的变化了。

但我们班，也有没回原来乡镇教书的，陈皮就是其中一个。他不愿回到自己的家乡，因为他的家在比较偏远的山村，直到他从进修学校毕业，他的家乡也尚未通公路，还是点煤油灯的。他想，随便分到一个地方都比自己原来的那个学校会好一点的，于是他打了个报告给教育局讲了自己的想法。这下可好，陈皮给了人家一种不服从分配的印象，人家也就不管了。

他匆匆找到我，和我商量，急得像热锅上的蚂蚁，连说话都有点紧张了。开学近一个月了，何去何从，他还没有落实。因为这涉及饭碗的问题。如果到一定的时间不上班，就有可能被教育局除名。好不容易挣来的一个铁饭碗，怎么可能说丢就丢呢？于是他几乎天天待在教育局的门口，想找局长求情，可总也见不着。我说这点小事局长不一定会管，有人事股长把关就可以了。陈皮就找了一个与股长有点关系的人，让他带着自己到股长家一趟。

股长对他说："你写个保证书吧，主要写无条件服从教育局分配。"

黄昏时分，他拿着保证书到了教育局门口，刚好见股长与一个人出来。那人骑着单车，股长坐在车后。

陈皮对股长说："股长，我写好了，给你过目。"

骑车的人没有停下来，股长在车后座上伸手说："拿来吧。"

陈皮追着单车跑过去。由于陈皮手上还提着一个帆布口袋，跑起来不方便，肯定比不上单车快。

股长在后座边伸手边说："快来呀，快点跑呀！"

陈皮丢下口袋，使出百米冲刺的速度，终于赶上了。他双手将保证书递给股长。保证书离开手的那一刻，他差点扑空跪倒。

股长一边说："你跑得太慢了。"一边接过保证书笑着远去了。

此时，陈皮双手撑在地上，看着股长远去的背影，大口地喘着气，感觉自己的心脏都快要从胸膛里跳出来了。他站起来往回走找到了帆布口袋，感觉这短短的一百多米是自己跑过最长的路了。

天色慢慢地黑下来，陈皮找了个地方住，等待着分配的消息。

几天后，陈皮去了另一个乡，同样是非常偏远的山村小学。大凡这样的学校都是没有人愿意去的，所以一般开学也很迟。

陈皮无话可说。

六

那时候，乡下还没有复印机，如果办理职称申报，需要去县城的复印店复印一些资料。有一次，我因为此事去县城，恰巧碰上了陈皮。办完事情我想回乡下的，便去往车站方向，走到一家商店门前，有个声音在后面喊我，我转身一看，是陈皮。当时，看到他的模样，我有点吃惊。头发依旧是乱蓬蓬的，面容瘦削，胡子拉碴。天气蛮热了，可他还是穿着厚厚的中山装，提着一只几乎看不出原色的帆布口袋，给人感觉像是从某个地方逃出来一样。他一边擦着脸上的汗水，一边苦笑。我们坐在路边的树下聊了一阵子，可聊着聊着，我就错过了回乡下的班车。

尽管乡下与县城只相隔几十公里，但由于交通不便，乡下与县城却像是两个世界，乡下的安静与县城热闹形成强烈的反差。天色渐渐黑下来了，路边的街灯也亮起来了。我们在街上走着，觉得既熟悉又陌生，总有一种走在别人城市的错觉。虽说我们也曾在这里读过几年书，但毕竟没有安居下来，也就没有了归属感。我们在县里的招待所开了一间双人房，安顿下来。

正是晚饭时间，我们到一家小吃店称了半斤卤猪头肉，要了半斤花生米，焖了一盘油渣，炒了一盆米粉，打了几斤米酒，拿到入住的招待所。房间里有一对简易的木沙发和一张茶几。把买回的东西摆在茶几上，入座下来，几口酒落肚后，恍惚间，我们又回到了从前的进修生活。

这几年大家都忙，我们几乎都没有什么联系，眼下重逢，当然有很多的话要聊。随着酒喝得越多，话题也越多。我们把各自鸡零狗碎的生活，也像面前的食物一样，摊摆在了桌面上。

当年，我和陈皮教书的学校分别在我县的东部和西部。西早不知怎么把自己弄到了中部的一个学校，离县城只有十多公里，属于城关镇的辖区范围，能在那里教书，相当于半个城里人了。那时的通信设施还非常滞后，我们的交流还是通过写信来完成。从进修学校毕业时，我们商量，尽管不在一起了，可对文学的热爱还是要坚持下去，于是约定好每两个月相聚一次，地点就以中部西早所在的学校为根据地。事实上，我们仅仅在毕业后的第一个假期里聚会过一次。当时经济拮据，我们是踩着单车去聚会的，我踩二十多公里就到了，陈皮要踩三十多公里才能到达。聚会是以文学的名义，但更多的是喝酒聊天，讲述当前生活工作的困难。

那时，我正处于热恋之中。在我回乡中心小学教书的第二年，分配来了一个师范毕业的女老师。她的到来，吸引了众多单身青年老师，大家都喜欢在她面前献殷勤，聚餐呀，周末骑车外出呀，都要叫上她参与。渐渐地，她看到了大家无聊时都喜欢打牌娱乐，只有我喜欢捧着名著阅读。她后来成为我的妻子，我想大概与此有点关系吧。几年时间，结婚生子，我看书写作也就断断续续的了，不过总还在记录一些生活片段，还有大量时间花在人情往来，应酬在肉山酒海里。我的日子就这么一天天、一周周、一月月、一年年地滑过去了。

买回来的米酒喝得差不多了，陈皮感慨地说："你在本乡教书，有熟人，有人缘。我在他乡人生地不熟的，交际起来就得花钱。而我就那么一点死工资，凡事都要忍着、让着、节俭着。"

陈皮还说："你家境比我好，没有什么负担，夫妻双方都拿工资。我老婆连个工作也没有，孩子又小，我哪还有心思看书写作呢？"

之前要的酒喝完了，我们又去买了一次酒，添了一些肉菜米粉回来。那天晚上，我们都喝得酩酊大醉。

生活的酸甜苦辣，在我们的边谈边喝中烟消云散。不知不觉地，我们都醉倒在床上了。

七

陈皮所在的学校不过是山脚下的两间泥房而已，位置距离各个村子都差不多远大概三四公里。由于每个村子的学生不是很多，当年的大队就与各村商量决定，把学校建在三个村子的中心位置，便于每个村子的学生上学。但对学校来说，则是前不着村，后不着店，像座孤零零的荒庙。虽说学校还有一个老师，姓谢，但谢老师是其中一个村子的人，放学后就回家，学校晚上就只剩陈皮一人。学校有一到四年级，陈皮教两个年级，谢老师教两个年级。各人在各自的教室里上课，也是复式教学。这里的教学条件与陈皮从前在本乡本村的学校差不多，只不过现在自己多了个公办教师的头衔罢了。

山里的学校离乡里有十五六公里，一半是经常塌方的简易机耕路，一半是上上下下、七拐八弯的羊肠小道。如果走路去街上差不多要四个小时，往返一次就是一天了。山民们到街上赶集时大多是中午，第一件事便是买些肉菜到小吃摊上炒来吃，还要喝上几盅酒，以驱赶附在身上的寒湿气。有些山民一两个月才赶集一次，来了就猛吃猛喝一顿，也许是太急，也许是肚子里油水太少，很快就醉了。不过也没有什么，他们醉了就倚在墙边休息，或者直接躺在圩埠的地上睡觉。待他们酒醒后起来，集市散尽，已近黄昏。接着他们到商店买些日常用品，又打上一壶酒，一边回去一边喝，常常是后半夜才到家。很多街上人认为山里人太滥喝酒了，有点看不起他们，但街上人哪里知道，山里物资匮乏，如果不去赶集就没有酒肉可吃，即使买了，也吃不了几天。山里人每天要承担伐木、炼山那样的重体力劳动，去赶集了焉有不大吃大喝之理？知道他们的生存生活方式后，就理解他们的所作所为了。

陈皮买了一辆二手单车，每周去街上集市买好一周的食品和用品。他骑一段路，推一段路，过山谷里的溪涧时，还要扛一截路。能把时间缩短在两小时内，感觉方便多了。可这样的日子没过多久，就被村里的一个女孩打破了。

陈皮教的是二、四年级，谢老师教一、三年级。二年级里有个学生叫阿兰，她有个姐姐叫阿梅。有一天，阿梅突然出现在陈皮面前，令他一下子手足无措。

阿梅高中毕业，人也长得相当清秀。在山里那几个村子的人看来，阿梅是最漂亮的一枝花了。阿梅在一个镇上念过高中，参加过高考，虽没有考上，但也算是见过世面的人了。以前陈皮听说过阿梅，也听到阿兰经常提到姐姐阿梅，眼下，真人阿梅就站在面前，与听说的一样漂亮。陈皮激动得嘴里不断分泌唾沫，六神无主，不知道说些什么才好。

阿梅说："陈老师，我想了解妹妹阿兰的学习情况一下。"

陈皮说："阿兰的学习成绩挺不错的。"

阿梅一边翻着妹妹的作业，一边满含笑意地说："陈老师，你批改作业好认真哦。"

陈皮说："哪里哪里，都是一样的。"

其他的学生们都将他们团团围住看热闹。

阿梅说话落落大方，长得白白嫩嫩，根本不像山里的女孩子。站在面前，就能感到一股青春的气息扑面而来。这天阿梅穿的是一件白色衬衣，将身材的美好展示出来。

过了一会儿，阿梅说："我不影响老师上课了。"说完就走了。

走到门口，又回头看了陈皮一眼，说："老师，有空你去我家搞家访呀！"

陈皮说："好的，一定去，一定去。"

接下来上课时，陈皮有点走神了。

后来的一周里，阿梅又顺路到学校看了两次妹妹，当然也看了老师陈皮。陈皮与阿梅再次接触时，感觉轻松多了。

阿梅走后，谢老师找了个机会悄悄地对陈皮说："陈老师，我

看呀，阿梅对你有意思啵！"

陈皮有点装作不知的样子说："是吗？"

谢老师肯定地说："我是过来人，我敢打包票，她喜欢你。"过了一会儿，又说，"如果你能摘下这枝花，那就太幸福了。"

陈皮知道谢老师说的是真心话。因为陈皮见过谢老师的老婆，是山里人，没读过书，个子瘦小，头发花白，五官不合比例，一笑起来，两颗门牙竟然是龅着的。而阿梅的长相，符合陈皮的审美标准，好看。

谢老师曾对陈皮说过："我们山里人能讨得老婆就万幸了，哪里还有什么选择。况且，我当年还是民办老师，有人嫁我就阿弥陀佛了。"再过十年，谢老师就可以退休了。

终于，一个周末，在阿梅的要求下，陈皮对阿兰家进行了家访。阿梅家按当时的条件弄了好几个荤菜。阿梅的父母也是老实巴交的山里人，家里的安排都由阿梅做主。

放学后，学生们一窝蜂走了。陈皮沿着弯弯曲曲的山路一直往上爬，走到阿梅家时，天渐渐黑了，也正好是吃晚饭的时候。阿梅还叫上几个族上的叔叔兄弟一起过来陪陈皮喝酒，而陈皮的到访让阿梅朴实的家人感到受宠若惊。

那晚，陈皮也放开了自己，把酒喝到了八九成，想走也走不动了。山间的小路崎岖不平，往回走又都是下坡路。即使在平时的晚上也不容易行走，更何况是人喝得迷迷糊糊的时候。陈皮只能在阿梅家留宿了。

阿梅腾出自己的床铺让陈皮睡，自己则到隔壁与妹妹阿兰挤在一起。尽管喝高了，陈皮的意识还是清醒的。两个房间只是木板屏风相隔，他听到阿梅两姐妹在嘀嘀咕咕地说着话，也能闻到床上留下的少女气息。整个晚上那种植物的清香气味弥漫在陈皮的梦境里，他感到浑身酥软。

后来，阿梅经常去陈皮那里，有时还帮他煮饭洗衣。

他们的故事在山村里传开了。

谢老师对陈皮说："陈老师，你太有福气了！"

又是一个周末，陈皮把阿梅留在学校里过夜，一切就水到渠成了。但陈皮在想，一旦结了婚，自己也许就会像一棵树一样，被永久地种在山里了。

八

陈皮对我说："我不能一辈子待在山里，否则，我的后代永远都是山里人了。"

陈皮找到了一个机会，巴结上了乡教育组长，经过努力，终于如愿以偿地调入了乡中心小学。人往高处走，水往低处流。当一个人单身时，去到哪里工作也还无所谓，而一旦结婚生子后就应该有责任感，不能不为下一代考虑了。因此，他想方设法调到乡中心学校。

乡政府所在地有两条街道，人口也比较密集，相对于山里来说，显得繁华而热闹。尤其是每到圩日，不但各村屯的人都来赶集，就连相邻乡镇的人也来做生意。

那时，陈皮已经成为父亲了，一个人的工资开销捉襟见肘，思来想去，他决定让阿梅摆个摊，赚些小钱以便补贴家用。两人经过商量，还是觉得卖些饮食小吃更容易上手，最主要的是不用花太多本钱。

阿梅在镇上念书时，常到一个本地同学家玩耍。这个同学的母亲非常能干，普普通通的糯米籼米在她手里，就像耍魔术一样变幻出各式各样的舌尖美食，有油团、沙堆、马打滚、粽子、米冻、白糕、水糕、发糕、年糕、甜酒等。若在这些大类里细分品种就更多了。比如粽子，单从形状来看就有方粽、扁粽、长粽、三角粽、四角粽、口袋粽、枕头粽等，吃法也各不相同，凉着吃、热着吃、甜着吃、咸着吃、酸着吃、辣着吃、煎着吃、炸着吃等。阿梅便跟着同学的母亲学手艺，最拿手的是一种叫铜瓢糍粑的小吃。这是我们这里取其形状相似的称呼。做法也简单易学，先把米淘洗干净，浸泡上个把小时，然后用机子打成黏度适中的米浆，用桶装着，加上适当的盐，拌匀，把米浆舀进半厘米高的提子里，上面撒一些葱花，放进烧开的油锅中炸制成糍粑。经油炸后米浆迅速膨胀并脱离提子，浮在油面上，糍粑成型。待糍粑炸至六七分熟时，就用长竹筷翻另一面来炸此时的糍粑宛若一只铜瓢一样，外圆内空。再炸上一会儿，一个金黄中带着一些葱绿的铜瓢糍粑就炸好了。当然，放浆都是成批的，铜瓢糍粑起锅也是成批的。如果趁热吃铜瓢糍粑，香脆与绵实结合，既爽口又饱腹。按当时的价格，一个铜瓢糍粑五分钱，一斤米可炸三十个，而米价是两毛左右，扣除各种各样的成本，卖出一斤米的铜瓢糍粑可以赚到一块钱。如果一天卖上十斤米，就是十块钱。按三天一圩，即三天卖一次，一月十圩即可赚上一百元。陈皮当时的工资每月也就一百多元。这样一来，家庭收入也可达两百元以上。后来，阿梅炸的铜瓢糍粑有了新的花样，在米浆上面添上萝卜、酸菜、瘦肉、花生等，就有了各种各样味道的铜瓢糍粑，当然，价格也不尽相同。

陈皮买来一架旧板车，修修补补，用砂纸打磨后变成了新车。火炉、锅头、油壶、水桶等，摆摊所需的一切东西都可以放在车子里。陈皮又做个板面盖在上面，用合页折叠起来，一开一合，十分方便。板车的手柄下面有木头支撑，放下来就是个现成的摊位了。炉子和油锅都放在车边，炸好的铜瓢糍粑，就摆在车上的竹筐箩里。有时，阿梅也炸些红薯片。就是将红薯切成一片片的，裹上米浆，放入油锅里炸。一片两三分钱，无论要炸多少，都不够卖。

陈皮也在课余时帮阿梅摆摊收摊。一家人如果总是这样下去，日子会过得相对安稳。但有一天，陈皮的一拳，将他们平静的生活给打破了。

阿梅是个聪明的女人，非常能干，人又长得白净，看起来赏心悦目，加上炸的铜瓢糍粑的确好吃，生意就相当的兴隆了。阿梅推着板车走到哪里就卖到哪里。有一天圩日，是一个节日吧，来赶圩的人比平时要多得多。阿梅又来得迟了一些，不要说圩埠，就连圩埠前面的广场空地都早已人山人海了，阿梅只能在街口摆摊。

那天，罗工商独自一人出来整治这种无序的市场情况。因为阿梅的摊位挡住了去路，罗工商让阿梅搬走。当时阿梅正忙着一边炸一边卖铜瓢糍粑，就说等一会儿。罗工商就在一旁等着。可是罗工商左等右等也不见阿梅移走，打算收缴阿梅的摊位。阿梅当然不会让步。于是两人就争吵起来了，一下子周围就聚集了里三层外三层看热闹的人群。有些人故意在旁边说风凉话，罗工商感觉自己很没有面子，一怒之下就把阿梅的摊位给掀翻了。顷刻间，铜瓢糍粑及摊边的油锅、炉子、浆桶、碗碟等东西撒满一地，一片狼藉。

这个摊位好比是阿梅的饭碗，罗工商等于是来砸了她的饭碗，她怎么能不伤心呢？阿梅就在地上一边打滚，一边大哭起来。

阿梅是真正心痛地哭，哭得人心都酸了。

围观有看热闹的、有同情阿梅的、有骂罗工商的，人越来越多了。这下事情就闹大了。

这个罗工商老想把市场的摊位整理得井井有条，可摆摊的人不遵从他的意志，总是无序自由地摆放摊位。平日里，他经常对这个摊位罚款，对那个摊位罚款，所以不但不得人心，而且有的人对他早已恨之入骨了。于是，好些人就尽情在一旁怪叫、呐喊、起哄、吹口哨。

整个市场一下子混乱起来！

到处都传着一句话：罗工商打人了！罗工商打人了！！

这话一传十，十传百，很快就传到陈皮那里。

当时陈皮正准备上街帮阿梅收摊，听到阿梅出事后，就急匆匆跑到现场。见到此情此景，陈皮气得一下子眼都红了。

周围的人都指着罗工商对陈皮说："揍死他！揍死他！"

陈皮一股怒气直冲脑门，上前就给罗工商的脸一记重拳。罗工商半步都没有退，一下子就四仰八叉倒在那里。周围有些人趁机向着罗工商投掷小石块、甘蔗头之类的东西。

罗工商一边大喊"我是工商，你们敢打我"之类的话，一边抱头躲避，狼狈不堪，洋相百出。

多亏派出所的民警及时赶到，才避免事态的进一步恶化。

但正是这一拳把陈皮打进了牢房，打丢了公职。这个罗工商虽说只受了些轻伤，但动用了自己的关系，起诉了陈皮。

陈皮是在出事后一个半月被抓走的，当时正在吃饭，派出所的人来家里把他带走了。

陈皮的罪名是故意伤害罪，被判了一年零六个月。

九

很多年过去了，我断断续续听到关于陈皮的一些零零碎碎的消息，可一直没有见过他。如果不是刻意去寻找某个人，往往就难有机会碰到。尤其是人到了一定的年龄，上天就会拿掉你的一些梦想与激情，然后再清理你身边的一些朋友，让你在现实面前变得越来越孤单。

走在街上，偶尔会记起从前在进修学校时，我与陈皮、西早的友谊，脑子会突然冒出两句诗："走着走着就散了，回忆都淡了。"

有一天，我的手机响了，随即一个有点捏声捏气的声音喊了我的名字，问我是否还记得他。我感觉有些熟悉，可一下子又想不起来。他让我继续猜。我故意拉长话音，拖延时间回答，脑子却在搜索。

他骂了一句，我立刻听出来了，是陈皮！

我说："你是不是故意捏着鼻子讲话的？"

他大笑起来，问我："你在哪里？"

我说："在家里。"

他说："出来吧，我在'好再来'饭店等你。"

我收拾了一下，就出门了。

我打了一辆三马车到"好再来"饭店，在门口就看见了陈皮。他整个模样完全变形了，体积比过去大了半倍，留着小平头，肥头大耳，油光满面，肚腩像个孕妇，脖子上戴根粗大的金项链，穿的是背带裤，就是我们常见的那种土豪或者显摆的暴发户样子，举止间还带着一股浓浓的江湖气息。

"陈皮，你是不是发财了？"我调侃说，"为什么有钱人都是这样打扮？"

"发财谈不上。"陈皮笑着说，"日子还过得下去吧。"停了一下，又说，"喂，你怎么没变，看着还是老样子？"

"你不见我都长白发了？"我说。

"哪个都有白发的。"陈皮说。

陈皮把我带上三楼，引进一个包厢。包厢分两个厅，一个厅是休闲聊天娱乐的，有三女一男在那里搓麻将；另一个厅是用来吃饭的，已经有一些小吃摆在桌上。

陈皮一进去就说："别打了，我的兄弟来了。"

麻将桌边的男女们连忙推开麻将，一起集中到酒桌边。其中一个女的主动坐到陈皮旁边，显得很熟，估计是经常与陈皮有联系。陈皮让另一个女的坐在我旁边。剩下的一对男女坐在一起。陈皮向男的介绍了我，也向我介绍了这个男的。他是陈皮在生意上的朋友，今天刚好到我们这里。陈皮随后用手机同饭店的老板通话，让他立马上菜，并把自己存放在这里的好酒送上来。从陈皮与老板的熟悉程度我就明白，陈皮是这家饭店的常客。

几杯酒下肚后，我们就谈开了。陈皮简直像换了个人似的，说话底气十足，能谈天说地，又收放自如，但透着一种狡猾与世故来。我估计是陈皮的心态以及经济实力大大改变的缘故。

后来，我只迷迷糊糊地记得，那天我们从中午喝到了晚上，然后又换了一家饭店继续喝，最后还去歌舞厅唱歌。

第二天醒来，我已躺在自家的床上了。起来后，猛灌了一肚子的冷茶，我又躺到床铺里发呆。慢慢地，我把昨天与陈皮的酒话拼贴成了图画。

陈皮在牢里待了十四个月，也就是说，他提前四个月出狱。

陈皮说："不坐牢不知道，里面大多是有头脑的人，只不过聪明过头了才被关进去的。"

陈皮出狱后，已经回不了学校。阿梅也在街上租了一间房子，继续摆摊卖糍粑。只不过糍粑的种类比从前更多，规模也比从前要大得多了。陈皮说他娶到了一个好女人，他坐牢了也没有抛弃他。陈皮能想象得出，在他坐牢的时候，阿梅要付出多少艰辛才能支撑这个家。

陈皮刚开始协助阿梅一起摆摊。但不久，他就看到另一种赚钱的机会：收山货和野味。

我们这里属于九万大山脚下的长廊地带，山货野味很多，有香菇、香菌、木耳、笋干、山鸡、竹鼠、山蚂拐、山龟、山猫、蛤蚧、穿山甲、猫头鹰、金环蛇、银环蛇、眼镜蛇等，有时还能收到果子狸和娃娃鱼。当时保护野生动物的概念还没有太深入人心，这些野生、纯天然的东西又深受城里那些有钱人喜爱。

陈皮在山里待过，知道山里各种各样的山货野味特别多，而且价格便宜。当时的百姓弄到山货野味，一般都舍不得自己吃，而是卖掉换钱。陈皮开始转战各地的圩场收买山货野味，今天这个乡镇，明天那个乡镇，只要收到了，积少成多，拿到县城一转手，就可以获得不少的利润。刚开始他是自己骑单车去收山货，后来单车变成了摩托，再后来，摩托变成了皮卡车。由于经常跑这跑那，我们县那几个山货特别多的乡镇民众都认识他了，他也得了外号"陈九八"。刚开始，他还走村串户去收货，每天都能满载而归。后来，他名气大了，每逢圩日就在圩埠那里坐着，等待山民们把山货野味拿来给他。他一边看着山货野味的成色，一边开价，经过双方互相讨价还价，最后成交。

这还不是陈皮发财的主要原因。陈皮发财是因为在江湖上认识了一个朋友，由于臭味相投，年纪相同，两人就"打老庚"。"打老庚"是我们这里的一种风俗，意思就是两个没有血缘关系的人相互拜认兄弟。两人互称对方的父母为"老庚爸、老庚妈"并当作自己的亲生父母对待，双方父母称对方的儿子为"老庚崽"，当作亲生儿子一样看待。这个朋友的父亲是搞矿的。陈皮用很少的钱入股后，他们几父子就买了个人家出售的矿窿道。这些矿窿道是人家花钱挖采的，有的挖采了很久、很深也见不到矿渣，最后挖得人心疲惫，资金消耗殆尽后无法为继就出卖了。陈皮他们接手后没有挖多久就挖到了矿脉，这等于挖到了钱窝，好比老天把钱送到了他们面前，一下子就发财了。陈皮有钱了，他就在县城买了一栋天地楼酒家。不久，政府整治私挖乱采，他们的矿窿道被封存了，但此时，他们已经赚得盆满钵满。后来，陈皮把自己的资金全部投入种植速生桉树上，那是后话了。

我在陈皮的天地楼喝过几次酒。见到了阿梅。尽管岁月流逝，可阿梅依然风韵犹存。

　　阿梅说："早就听陈皮讲过你。还是你好，有工资领，稳定，旱涝保收，不像陈皮东奔西跑，太辛苦了。"

　　我说："阿梅你莫讽刺我了。陈皮拔根汗毛都比我腰杆粗。现在是没有本事的人才留在单位里，饿不死，撑不死。"

　　我们就互相调侃着。

　　那几年，我常常接到陈皮的电话。只要电话一来，我就知道，十有八九是必喝酒无疑了。有时连续几天喝得太多，我就借以看书写作为由想推辞。但陈皮总能凭着三寸不烂之舌把我引出来，还对我洗脑。

　　陈皮有时笑我老是闭门造车，太过于关注自己心理的那一点点小小变化，怎么可能写出好作品呢？

　　而我说是为了坚持我的文学理想。

　　陈皮问我："你的文学理想是什么？发表？获奖？还是出书？"

　　我一下子又无言以对，只能说是习惯使然罢了。

　　陈皮说："你再怎么写也难以出名的，因为你的思维有问题，你局限了自己的写作范围。我曾经叫你写写那些被命运摧毁的人，在绝望中挣扎生存的人，在生活边缘游走、随时有可能犯罪的人。可你这也不能写，那也不敢写，那你还能写什么呢？如果只写你们小圈子里那些不痛不痒，自娱自乐的故事，或者靠些二手生活素材，写些烂掉牙的情节，能吸引谁的关注呢？"停了一阵，他又说，"只有真正跌入了人生的谷底，你才能看清生活的本质、人性的本质，否则再怎么努力都是白费力气。兄弟，你我都不过是为这具皮囊活着罢了。"

陈皮还说："或者，你发过一次疯。那样，你看世界的视角可能就会发生改变了。或者你去火葬场干一段时间，也许对人生就能够大彻大悟了。"

最后，陈皮说："好了，别杞人忧天了，还是喝酒吧。"

但有时，陈皮也流露出一种忧虑，感觉无比的空虚。

他对我说："写作还是好的，但必须是为自己的内心写作才是真正的好。可我已经回不到从前了，根本没有那种心境与心情了。"

十

前几年，我与陈皮的接触又渐渐少到零零星星，最后几乎没有了。毕竟我们不是同一条道上的人，他忙他的生意，我混我的日子。但陈皮的故事有时也通过各种渠道传进我的耳朵里。听说他的几千亩山林全部输在了牌桌上，还欠下一屁股的债务，成为一个失去诚信的人。他不敢开手机，因为只要一开机，就有一堆电话打进来逼他催他还债。他常常玩失踪，像个影子一样地生活。

这得从多年前说起。

当年，陈皮有几文小钱后，无聊时就喜欢与人玩牌，常玩"斗地主"。陈皮的运气特别好，几乎都是赢钱，所以只要一空下来，他就找人玩牌。别看只赢个百八十块的，可毕竟是赢，让陈皮的心情特别的愉快。后来他的生意做大了，玩些小钱觉得不过瘾，所以就越玩越大。有时赢多，有时输多。毕竟牌桌上没有常胜的将军，输输赢赢也是家常便饭。

真正让陈皮大开眼界的是在矿山搞矿时，那些矿老板们赌钱从来都不用数钱，而是用尺子来量堆钱的厚度。几个回合输赢下来，有人赢一大箱立马就走，也有人输得一塌糊涂，转身就往山崖下跳。当时陈皮也觉得那些老板们赌得太大了，但想不到的是，他转行与人合股种树后，自己也重蹈覆辙了。

那年矿山整顿后，陈皮带了一大笔钱回来闲着。也是在酒桌上，陈皮结识了一个叫丘三的人。此人能说会道，左右逢源，有头脑，兼营着很多项目。在聊到如何赚钱时，丘三说到了种植速生桉。这种树种植周期短、生长快，市场供不应求。他们一拍即合，计划合股种植速生桉。丘三拉进了一个伙计，陈皮是大股东，丘三和另一个是小股东。资金不成问题了，但种树需要的是山场，于是，丘三又拉了乡下一个姓韦的村主任入股。这个村主任不用投入资金，但负责与山民签订山场使用的协议。毕竟，村主任是地头蛇，只要成了他们的股东，一则是在当地好找人工，二则种下的速生桉也好管理。他们签下了几千亩山场使用二十年的协议。预计五年可以砍伐一批后再种下一批，二十年可以砍伐四次。到那时就可以安安然然、舒舒服服地养老享清福了。酒桌上，他们憧憬着美好的未来。

可陈皮赌钱成瘾了。赌瘾与毒瘾一样，一旦沾上，就难以戒掉了。平日里，大都是韦村主任管理山林，该杀虫时杀虫，该施肥就施肥，该补苗时补苗，这都由村主任找工人做。他们有时到山林不过是走走看看，排查火灾的隐患罢了。村主任年纪不是很大，很爱玩，只要一有空，也是经常上县城的。村主任一来，他们几个除了吃饭、喝酒外，就是坐下来玩牌。刚开始，陈皮的运气挺好的，他也一直认为自己运气好，所以下赌注时就更加肆无忌惮了。但有一次，他输了，过后就一发不可收拾了。他把手头的钱赌输后，也曾想金盆洗手，但经不住几个合股人的邀请，就用山林的股份来赌。有时赢，有时输，不知不觉地，他所占的山林股份越来越少，最后全部输给了几个合股人。这下，陈皮几乎赌红了眼，打算借高利贷。可几个合股人还好心地劝说他不要借，要借就向他们借罢了。陈皮渐渐把除了天地楼外的财产押给了他们，继续和他们玩牌。

渐渐地，陈皮觉得他们的态度越来越不好了，都想让他拿现钱出来赌，哪怕他去借高利贷也好。

丘三一再怂恿陈皮拿楼房来抵押，但陈皮守住了这条底线，自己的那栋天地楼说什么也不能拿来抵押赌债，否则，老婆就要露宿街头了。

陈皮想来想去，有点想不通，就暗暗留意、观察、反省。有一天，他无意之中发现，原来是其他三个合股的伙计联手坑他。

那天，还是三个伙计邀他来玩牌，地点是在一个宾馆里。他故意推迟了一阵子，到了订好的房间，他没有像往常一样直接进去，而是在外面待了一会儿。他听到他们三人在里面拿他来说事。原来从一开始陈皮就跌入丘三给自己设下的套里，他们三人在牌桌上相互放水，想方设法让他破产，瓜分他的财产。

他一下子蒙了。

陈皮说："给我一段时间吧。我会尽量想办法筹钱还给你们的。"

陈皮的信誉也是从那时开始失效了。他只要见到朋友，就打主
意借钱。常常是割东屋，补西屋。后来，熟人朋友一见到他就调头
走，生怕他又提借钱一事。

陈皮又感受到那种没钱过日子的痛苦了。他想一死了之，可又
感到太不值得了。他必须找丘三他们讨个说法，不能让自己不明不
白地一死了之。

有一天，陈皮回到家里对阿梅说："我们离婚吧。"

阿梅以为陈皮开玩笑，说："你灌什么黄狗尿，醉了吗？"

陈皮说："生意破产又欠了债，这是保全你的唯一办法。"

陈皮又说："这栋楼我写在你的名下了，没有人能动。你去
城里和儿子一起生活吧。这栋楼用来出租，能不回来就不要回来
了。"

阿梅静静地看着陈皮。阿梅不知道陈皮的葫芦里究竟卖什么
药，也不再争辩。

签好离婚协议书后，陈皮净身出户了。

十一

有天傍晚，天色几乎黑尽了。我散步经过一宾馆门口，看见一
圈人围观在那里窃窃私语。我好奇地停下一看，竟然有人在宾馆门
口焚香烧纸，觉得有点不可思议，就问了一下旁边的人。那人压低
声音说，今天在宾馆里发生命案了，死者家属想要索赔，宾馆老板
不予理睬，于是家属就来宾馆门口上演这幕闹剧。搞得想来宾馆入

住的客人一看到这个情景，感觉晦气，扭头就走了。估计宾馆老板没办法，反正人是死在自己的宾馆了，就花一些钱打发死者家属，等于是消灾驱邪了吧。这不，还在里面谈着呢。

过了一段时间后我才知道，那天在宾馆死了两个人，杀人者正是陈皮，死者是丘三和另一个伙计。这件案子一时成为人们议论的焦点，各种各样的说法都有。

自从陈皮净身出户后，他就没有想过活下去了。钱可以赌，但必须公平，不能做假；钱也可以输，可要输得心服口服，他绝对不能容忍被自己信任的人耍了，他要他们付出代价。

那天上午，陈皮在宾馆开房后，以还钱为借口，先后通知丘三和另一个伙计来宾馆，并将两人杀害后把尸体塞在床底。处理好一切，他喝了一杯茶后，给乡下那个合伙人韦村主任打电话，问他是否在家，等下他送钱下去还给他。

韦村主任说："好的，我在家里等你。"

陈皮锁门后出去了。走到总台时，他对服务员说，不要打扫卫生，明天还继续住房。

陈皮走后，床下那两具尸体的血还源源不断地流出来，流到了房门口，整个楼道弥漫着一股浓烈的血腥味。宾馆的服务员打开房间后，往床下一看，吓得大哭起来，于是立马报警。

陈皮到韦村主任的家时，刑侦队也从县城出动了。

陈皮到了韦村主任家里，看见他的孙子也在场，就不好动手。

陈皮说："在家里不方便，我到山上给你吧，也顺便去看看那些树。"

韦村主任和陈皮一起出门往山里去。村主任走在前头，陈皮跟在后面。

陈皮说："这些都是我们的树呀，可我没有福分享受了。"

韦村主任说："原本你也有股份的，可是愿赌服输呀！谁叫你手气不好呢？"

陈皮说："牌桌上你们是不是搞假了？否则我怎么输得个精光呢？"

韦村主任说："人家去澳门赌钱，输得比你还多的大有人在。"

陈皮说："老韦，你转过来看这是什么？"

韦村主任转过身来，看见陈皮的枪口对准了他。

韦村主任一下子有点蒙了。

陈皮说："今天这里就是你的葬身之地了。"随后抠紧了手枪扳机。

韦村主任身手灵活，就那么两秒，躲过了致命的枪口，但腿上中弹了。他顺势往山下一滚，滚下了谷底。

陈皮朝着谷底又开了两枪，依旧没有打中韦村主任。

陈皮追了下去，可熟悉路径的韦村主任早已经不见了踪影。

陈皮又来到了村主任家，村主任的孙子还在那里玩耍，见陈皮来了，没有半点惊慌。

陈皮把手伸进了提包里，可转念一想，一人做事一人当，算了吧，就退出去了。

陈皮知道，村主任肯定会去报案的。他在村头的小店买了一大袋方便面、矿泉水及小点心，然后往山里走。

天色渐渐将黑了，他找到一个制高点，想观察一下山下的情况。此时，他看到大量的警车守候在山下。同时，警车上的喇叭开始向山上喊话："陈皮，你已经被我们包围了！请你赶快自首。"

每间隔几分钟，这样的声音就会重复一次。

此时，天已经完全黑了，但喊话的声音还是不停地重复。

陈皮想，冤有头，债有主。既然那两个已经死了，剩下一个也受伤，自己也算出够气了。

他本想一枪了断自己，但觉得就这样死了别人就不知道自己的杀人动机了。他要把自己杀人的原因讲出来。于是，他慢慢走下山去自首了。

陈皮制造的凶杀案一时间成为人们茶余饭后的谈资，各种各样添油加醋的版本都在流传。

与陈皮搭档的生意伙计丘三，是个地道的黑社会头目。大凡与他合作做生意的人，没有一个的日子是好过的，都是被他千方百计吸干了"血"，再一脚踢开。

人们说，丘三遇上陈皮，等于碰上了克星。

毕竟，陈皮是杀了人，犯了法，被判刑枪毙也是迟早的事情了。只是拖了这几年，现在总算了结了。

2018年8月

● 节外生枝

　　这天中午，我正打算和妻子亲热时，手机唱起来了。我决定不接电话。可仅仅过了几秒钟，手机又响了，是另一首歌，听得人心烦。我原本的兴趣像被刺破的轮胎，泄漏了大半。

　　妻子说："去把手机关了。"

　　我下了床，拿起放在茶几上的手机一看，才知道是肥头打来的。其他人的电话可以不接，但肥头的电话总是要接的，我立马按下手机的接听键。

　　肥头在手机里问："在干什么？和老婆睡觉吗？"

　　"没有。"我说，"在沙发里躺着养神呗。"我故意对着手机打着长长的哈欠。

　　"赶快下楼来，我们在你楼下等着。"肥头说，还按响了车子的喇叭。

　　"什么事？去哪里？"我问。

"别问太多,下来就是了。"肥头说。我还听到好几个人的笑声和说话声。

我一边收拾整理自己,一边对妻子说:"肥头他们在楼下等我,我去看到底是怎么回事。"

妻子本来调整好的情绪也被这个电话搅黄了,板着脸躺在那里发呆,显得非常不高兴。

我故意学了句电影里的台词说:"亲爱的,你等着我,我去去就回。"

"你们这些老男人就不喜欢星期天待在家里,总爱出去招惹是非。"妻子说,"要走就走,别假惺惺的样子,看着我恶心。"

我又学着电影里的动作,吻了吻妻子,妻子没有表情地木在那里,之后又有车子的喇叭在楼下叫着。我匆匆忙忙出了门,从楼梯间的窗口向楼下应了一声,就冲下楼去了。

肥头的车子是去年买的,黑色的。我老是记不住是什么牌子的车,反正肥头说花了十几万元吧。走到车子旁边,听见车子里爆发出猛烈的笑声。肥头握着方向盘,阿结、大明挤在车子后排,空着副驾的位子,显然是为我留下的。

我坐上后,阿结色色地笑着问:"中午也吃快餐?"

大家都笑了起来。

"明明是你自己吃了,倒来讲我。"我说。

阿结说的"快餐",当然不是真正的快餐,而是肉体方面的。我也哈哈大笑起来,既不认可也不反对,故意把话岔开了。

我问肥头:"到底去哪里?"

肥头说:"去龙岸过节呗。"

我们要去过节的龙岸镇离县城有三十多公里，如果加上到村子的距离则有四十多公里。这些年由于拉甘蔗的重车太多，将路面压得坎坷不平，而且弯道又多，车子根本跑不起来，所以一般要一个半小时才能到达。

车子沿着城东方面开出县城不久，肥头就停了下来，说是要放点水。我们则像是关在笼子里太久的鹅群被放出来一样显得异常的兴奋。不管有没有尿，大家都钻进了路边的玉米地里了。天空湛蓝湛蓝的，白云在上面轻轻在飘荡着，绿油油的玉米叶在秋风的拂动下窸窸窣窣。玉米结苞了，每株都有好几个，有的玉米须是粉红的，有的还是嫩绿的，有的都已经变黑了。

肥头说："这样的天气出来散心真是舒畅啊！"

我们几个发小是在同一个镇子的同一条街上长大的，都是知根知底无话不谈的兄弟。小时候，大家经常在我家玩捉迷藏，经常在后面的木楼上同睡一床，青春期的到来让我们惊喜而迷惘。我们躺在床上天南海北地瞎聊，谁要是打屁了就不作声，气味弥漫开来后就狂笑，其他人则把被子抖起来驱赶恶臭……后来，肥头当兵去了，阿结做了他乡的计生干部，大明考上了财税学校，而我到山里当了民办教师……再后来，我们又陆陆续续到了县城工作。尚未结婚的时候，我们几乎每天都是共同开伙吃饭，谁的收入多谁就多买米买菜。肥头在我们这一伙中是最先回县城的，他当兵复员回来进了条件很好的单位，加上又会做些生意，手头自然宽裕得多，所以我们不但把他的住处变成了我们的食堂，也把这个食堂当成了我们街上的"大使馆"——大凡是我们街上的兄弟朋友上县城，大家都喜欢到肥头这里报到，然后就摆开酒桌，推杯换盏，划拳猜码，一醉方休。大家成家立业后，就忙着经营自己的小家庭，聚会也渐渐地减少了。可人到中年后，子女们都从我们的身边飞出去了，家里基本上只剩我们这样年纪的老男人和老女人。老女人们喜欢与麻将作伴，今天这家搓，明天那家搓，在哪家搓哪家就负责做饭。剩下我们这些老男人有点无所事事，聚会又渐渐地密集起来了，几乎是隔三岔五地喝些小酒，也好谈论一下国家大事和各种各样的八卦，可谈来谈去，最后拐弯抹角都要进入一些色眯眯、肉麻麻的故事里去，这也是我们老男人们对青春时光的最好的怀念。

不过人的命运是难以更改的，好像年轻时怎么定位，以后就只有朝着自己的方向发展了。肥头这一百八十多斤的肉身是他吃出来的；阿结从年轻时就开始谢顶了；大明迷恋的是打牌，可几乎都是输多赢少，还满世界欠债，所以前些年就与老婆离婚了。我是个小学老师，或多或少沾些斯文，年轻时曾是狂热的文学爱好者，可到今天，文章写不成，倒成了个老愤青。

我们这里的人都喜欢过节，春节就不用说了，那是铁板钉钉非过不可的。从农历正月的元宵节到农历九月的重阳节，中间的二月春社节、三月清明节、四月初八牛节、五月初五端午节、六月初二吃虫节、七月十四的中元节、八月十五中秋节，这些大节日家家户户也都是要过的。而从农历九月开始，农事闲下来了，村村寨寨就过自己村子的节日了。以东部的黄金、龙岸两个镇的村子居多。这个月是一些村屯过节，下个月又是另外一些村屯过节。由于其他地方没有了节日，大凡到了这两个镇的村子有节日，一些周边县市的亲朋好友都赶来凑凑热闹。而生活在县城里的人们几乎是倾巢出动，一度造成严重的交通堵塞和移动联通基站的爆棚。公路成了停车场，手机成了摆设，有点像现在节假日出游的高速公路，路边的田地、竹林、水沟成了临时的方便场所，而来自东南西北成千上万的人们聚集到几个村子过节，倒成为一个颇有特色的人文风景了。

过节是20世纪80年代初开始时流行的。那时，我父亲还做糖饼卖，逢年过节米花糖、兰花根糖特别好卖，因为便宜嘛，一角钱一包。一个人只要用两角钱买上两包糖就可以走进任何一家，坐下来便可以海吃山喝了。其实过节是对客主双方的考验，如果一个家没有人去过节，那真是件丢人的事情。因为这意味着你家没有什么人脉，家里来的客人越多，表明这家人的人脉越广，所以，有一些人家为了显示自己家里来的客人多，就到村头去招揽客人。只要你是到这个村子过节的，他们就拉你进家吃喝，你可以不认识主人，但主人知道你是客人就行了。我们一到过节就经常要赶上几家，每家喝上一两杯酒，几家下来也就醉了。只有醉了，主人才满意，表示你认为他家的酒菜好。

过去很多年轻人参加村里的节日是为了去找对象，还有的年轻人则是去胡闹。年轻加上酒精，争风吃醋、调戏出格、打架斗殴是不可避免的，打死打伤人也是常有的事情，由此引发的群体械斗导致日后的村民矛盾越积越深，留下的后遗症也就多了。所以有一段时间，很多村子都取消了过节的习俗。后来年轻人外出打工多了，加上大家口袋里也有钱了，很多村子又恢复了过节的

习俗。

现在即使一大群人去村民家过节，带两箱苹果和雪梨去就够了。主人不在乎你买来多少东西，而在乎你带来客人有多少，你带来的客人越多越好。尤其是这些年来，此种情况大有蔓延之势，愈演愈烈。

车子在路上颠簸着，我们在车上讲着刚刚听来的段子笑话，又重复搜刮出大家的轶事趣闻，似乎回到了童年的欢乐时光。

车子到了龙岸镇的街上，我问肥头是否要买些水果之类的东西，才得知他们早已在县城买好了。小镇的街道两旁是鳞次栉比的店铺，有成衣店、水果店、米粉店、百什店、音响店、中草药店等。龙岸镇与我的家乡黄金镇相隔十多公里，从地形看，两个镇是连成一片的葫芦盆地。黄金镇在葫芦盆地的中部，龙岸镇在葫芦盆地的底部，这里土地肥沃，河流纵横，真可谓是鱼米之乡。我们本地有句俗语："想吃饱饭，黄金龙岸"，说的就是这两个小镇。两个小镇都是古镇，语言、风俗、饮食都一样，就连一些地方掌故都通用。

出了小镇，再往西几公里的地栋村，就是我们此行的目的地。这几年村村都通上屯级公路了，而且都是水泥路，尽管路面不是很宽，可修建得平整结实。由于我们来的时间比较早，路上的行车还不是太多，只有一些摩托车从我们旁边呼啸着超车而过。好几辆摩托上都坐着三四个人，甚至更多，有点像叠罗汉，总有一个人还用头顶着一箱红富士苹果或库尔勒雪梨。我们像看杂技一样，又想骂、又无奈、又惊叹。

地栋屯的阿全是肥头当兵时的战友，他们十多岁就去海南当兵了，是侦察兵。在那么大的部队里，能和一个邻乡的同在一个连队里，自然是情同手足了。

车子直接开到阿全家门前的晒坪上，我们扛着水果进了门楼。偌大的天井里摆开二三十桌，一半还空着，另一半有不少人，有的在搓麻将，有的在打大字牌，有的在做剥蒜头之类的活儿。厨房那边的人忙得热火朝天。看到我们来了，阿全迎上来安排座位，还不时地指挥一些人干这做那。我们早就认识了，是老熟人，叫他不要客气，去照顾别的客人好了。我们打算先去河里泡个澡，再回来好好地喝酒。

河边离村子不远，路上到处是垃圾，臭气熏天。尽管这里开展了清洁乡村行动，但还是没有根本的改变。和这里所有河流一样，眼前的小河也比从前枯瘦多了。河两岸遍布着各种垃圾，一些白色或红色的塑料袋在迎风招展，好像欢迎我们的到来。我们找了一处还算隐蔽的地方把自己脱个精光。

十六岁的时候，不知肥头去哪里搞到了一本皱巴巴的、字迹非常潦草的书。对于只有小学毕业的他来说，等于天书。他神秘地找到我，说是给我看一件宝贝。那天我们也是几个少年在家乡的大桥下面偷偷看着这本给我们带来性启蒙与幻想的手抄本。时值夏天，大家只穿一条内裤在大桥下面听我朗读。大家都屏息静气，生怕听漏了其中的每一个字。有时字迹实在是太潦草了，我停下来仔细辨认与琢磨，他们就顶着因激动而通红的脸在等待。那时世界真是安静极了，可以听到小鱼小虾跳出水面戏水的声音和大家的心跳声。那本手抄本是缺了最后一页的，读到那里，戛然而止，大家都定着出神，就像被人猛追后，突然跑到了悬崖绝壁一样，一下子无所适从。当时，我们都激动得有点发抖，忍受不了了，于是迅速地脱掉内裤，扑进水里。青春期的我们正是"小弟弟"发育旺盛的时候，它像小船下面的舵木一样，被水里生长出来的水草缠住了，阻碍了我们的前进，我们游不动了。于是，这次游泳遇到的阻水事件，让我们在未来的人生岁月里不断地挖出来打磨加工，成为我们青春期荷尔蒙旺盛的有力证明。我喜欢阅读的习惯正是受此熏陶，在未来很长的一段日子里，我的阅读总是从小说的女性描写开始。一篇小说，只要翻开闻一闻，我就能知道有没有我喜欢的气味，从而决定要不要继续阅读下去了。

我们在水里泡着，聊着，笑着，回味着少年的时光，感觉怎么一转眼就到中年了。我们不由得感慨，时间都到哪儿去了？

看看时间差不多，我们就上岸穿衣了。

沿着来时的小路，再回到阿全家门口时，晒坪差不多已经停满各种各样的车辆了。来阿全家过节的人越来越多，有我们认识的，也有不认识的。可进了一家门，就不讲两家话了，我们的很多朋友就是通过这种场合认识的。既然你是主人的朋友，我也是主人的朋友，我们当然也就是朋友了。只是有些人，过后就忘了，而有些人，日后真的会成为好朋友好兄弟，一切皆看缘分。

过节一般都是坐流水席。主家估计今年大概有多少人来，预先准备好相当分量的酒菜，当然得多备一些，以免客人突然来多了而显得措手不及。来一桌人，就出一桌人的酒菜。这得有一个强大的厨房团队，他们的任务不光是把菜弄好，还要负责把酒菜端上来。

有些客人来吃一点就走了，为的是去下一家，而负责厨房的团队要马上撤换酒菜，等待下一桌客人的到来。只有一些与主家是铁杆的兄弟朋友的会在一家驻扎下来，一方面体现与主家的情谊，另一方面可以协助主家共同完成酒席筹备。

我们当然是属于驻扎下来的哥们，由于有些酒桌的客人走了，或者是挤到了其他的酒桌上，我们就把大家重新整合在一起，免得有些客人显得冷清，过节嘛，就是为了图个热闹和谐。重新融合在一起的客人就得重新敬酒，如果不认识的，通过互相敬酒后就算认识了。猜拳是必不可少的活动，就看怎么猜了。你可以找个老朋友猜个一年春十二码，从而增进感情，也可以和一个刚认识的朋友猜上四四十六码，以便加深印象。有喝酒猜码都厉害的，可以和在座的每个人猜码，扫一轮通关后再分边猜，两边的人数要相等，这叫集体码。这种猜法更有利于在场的人相互照顾，因为每个人的酒量不同，猜码的熟练程度也不同，酒量大的可以帮助酒量小的人喝酒，猜码厉害的可以帮助不擅长猜码的人。酒桌上的人是不确定的，因为有的人上一趟厕所后就不来了，但不时也有人加入进来。两边的阵容也随着人员的增减而变化着，没有好的酒量和猜拳技巧，是很难坚持坐下去的。这种场合，是肥头大展风采的时候了。他这一百八十多斤的体重，正是在无数这样的场面锻炼出来的。我们一伙中，特长不同，爱好有别，而在吃喝方面，他是我们的老大。

吃着，喝着，猜着，聊着，你会感觉不到时间的存在，好像自己就是这里的主人一样。正当我们喝得酣畅淋漓，愁没有对手猜码时，一个人突然闯进来说："不好了，外面晒坪可能打死一个人

了，大家去看看是谁的兄弟？"

我一看桌上，不见了大明，一种不祥的预感让我酒醒了大半。于是，大家一股脑儿涌了出去。

晒坪上的车辆少了很多，人群围在那里，有人在高声叫嚷，有的人说赶快报警，有的人说赶快叫救护车，你一言我一语的。我们一边问一边挤了进去，看见一个血肉模糊的人躺在地上，旁边还有一把沾满血迹的菜刀。有个人弯腰在那里问他什么，不见回答。我们认真一看，是大明，就连忙叫起来："大明，大明！"

大明睁开了眼睛，定定地看着我们想说什么，又说不出来，然后又闭上眼睛。我们都蹲在他周围，一时不知该做什么才好。

阿全在那里骂起来："是什么人不给我面子？打我的朋友？"

马上有人把阿全拉到一边，给他解释。

血还在不断地从大明身体流出来，我们脱下衣服来堵住伤口但不起作用，大家七嘴八舌地献策献计。

远远听见了救护车的声音。不一会儿，救护车就来到晒坪旁边，是镇里的救护车，车上下来几个医生护士。大家让出路来，他们七手八脚把大明抬上担架。医生护士们看过瞳孔、量过血压后，就把氧气罩戴在大明脸上。简单的包扎后，医生说："要直接送上县城，需要大量输血，我们镇医院没有血液。"又问，"谁是亲属？"

肥头说："我们是朋友，可以一同去。"

"好，那就赶快上车。"

阿全也跟着我们一同前往县城。

救护车一路叫着，大家都默不作声。我在心里默默地祈祷着。

路上，我们才知道事件的始末。

大明因小事与人发生争执，也许大家都喝酒了，大明手重了一点，那人回头就是一推，大明一个踉跄差点倒地。于是，两人就你推我搡地打起架来。

大明个子高，占了便宜，那人不是他的对手，就放了狠话说："你等着，老子今晚要收拾你！"

大明也不甘示弱，说："有本事你来，老子奉陪到底！"

那人转身就走了。

没多久，就听见有人在外面嚷嚷。大家见是冲着大明来的，就叫他出去。大明酒气一上来，气呼呼地冲出人群，但这次他不知道那人手里多了一把菜刀。

大家还不知道是怎么回事，就听见有人喊："杀人了！"

那时大明已经倒在血泊里了，而凶手早已不知跑到哪里去了。

尽管喝了不少的酒，可我们被这突如其来的事情搅醒了。阿全在车上一边讲着，一边向我们道歉。我们知道，这不能怪阿全。

夜间的车辆少，救护车开得更快一些，可到县人民医院时，也是凌晨时分了。我们把大明从车上抬下来，往急救室送。由于事先联系了，县医院的医生已经等候在那里。一通检查之后我们才知道，大明深深浅浅一共被砍了二十七刀。医生弄了半天，怎么也量不到血压，连心电图也没有显示生命的迹象了。

医生说："失血过多了，太晚了。"

一时间，我们都静在那里，很久都不知道说什么。

夜向更深的黑暗滑去，我们在医院的一角商量着，明天该怎么处理大明的身后事宜。

2015年12月

● 男孩已骑鲤鱼去

这一夜，油渣几乎没睡，时醒时梦，迷迷糊糊，满脑子老是想象街一队开鱼塘的情景，那些生动的画面像放电影一样在他眼前浮现出来。

鱼塘像一张巨大的荷叶铺展开来，足足有十来亩大，周围挤满了男女老少，都是因为听到了开鱼塘的风声才赶来的。有街一队的社员，也有其他生产队的社员，还有附近村子的村民。大家手里拿着各种各样的捕捞工具，围在鱼塘的四周看热闹。看着鱼塘里的水被一点点放干，一群群的鱼儿因为水量的减少而四处乱窜，实在是太过瘾了。大家议论着，今年的鱼儿是多还是少，是肥还是瘦。队长围绕着鱼塘转来转去，他劝社员们不要太着急，反正鱼儿没有翅膀，既不会飞走，也不会跳出鱼塘的，凡事都要讲个原则，先集体，后个人。也就是说，先把捕捉到的大部分鱼交给生产队，剩下的鱼才能让个人捕捉。队长也知道，社员们捕捞生产队集体的鱼是不太出力的,所以一边干活一边不停地喊叫骂人。可喊归喊,骂归骂,社员们还是一副不进油盐的铜豌豆样子,出工不出力地磨洋工。待到将近黄昏,大多数鱼都捕捞完了,再捕捞下去也没有多少油水了。队长宣布可以个人捕捞时,大家就来劲了。社员们好像玩魔术一样,从被捕捞得几乎无鱼鱼塘里捉出一条又一条的大鱼来。原来,有的人事先把鱼儿埋进鱼塘底部,有的放进自己的裤裆里面,有的偷偷扔到鱼塘旁边的草丛,有的干脆就放进自己的鱼篓里。因为是在水下作业,鱼篓被系在自己腰部,所以很难发现里面是否有鱼。当然也确实有漏网之鱼,就看各人的运气了。有些鱼都已经被抓在手里最后还是跑脱了,而有些昏头昏脑的鱼会自己钻进你的鱼篓里面去。想到鱼在锅里被姜酒煎得香气扑鼻的味道,油渣的肚子咕咕地叫起来,就更加睡不着了。夜怎么这样长呢?天快点亮吧。油渣实在太喜欢捉鱼了。

　　天刚蒙蒙亮,油渣就起床了。像往常一样,油渣抓了几块锅巴饭就朝着学校的方向走去,街上行人稀少,显得冷冷清清。油渣一边走,一边把锅巴饭当早餐吃,快到学校门口时,锅巴饭吃完了。看了看前后左右,还没有什么人来学校,他就绕过学校的围墙,来到校园后面的一棵桂花树下。此时,正值桂子飘香时节,空气中弥漫着醉人的花香。这是一棵上了年纪的桂花树,苍劲挺拔,枝繁叶茂,主树干在两人高处又分成几个枝干。枝干又分岔出无数的小枝干,密密麻麻,盘枝错丫,浓荫蔽日。油渣像猴子一样,三下五除二就爬到了树上,几只尚在瞌睡的鸟扑棱棱地惊飞起来。油渣把自己的书包搁在高高的树丫上。这个书包其实就是一只脏兮兮的薄膜袋,里面塞着几本皱巴巴的课本和作业本。放好书包,油渣顺手摘下一枝桂花，又像猴子一样，一下子就滑到了地上。地面散落着星星点点的桂花。他抬头看看自己的书包，除了茂密的枝叶和金黄的桂花外，什么也没有看到。他再扫了眼周围，没有看见一个人影，就在树脚下撒了泡尿。他把手里的桂花放在鼻子下，深深地吸了几大口桂花的香气后，随手一扔，就朝着街一队鱼塘的方向走去。

　　街一队的鱼塘在小镇的北面，跨过那座连接南北的人民大桥，再走上二三十分钟才能到达。此时，太阳出来了，生产队的社员们也陆陆续续地出工了。油渣跟在生产队社员的后面不紧不慢地走着。一些社员挑着竹箕，闷头抽烟，只顾自己匆匆走着；一些社员扛着犁耙，赶着牛，慢慢腾腾地走着。这些牛被关在牛栏里一个晚上了，走上大桥时有些兴奋，长长的舌头灵活地舔着自己的嘴角和鼻子，对着空旷田野喊出几声长长的"哞哞"。油渣不想让人知道自己是去看队里开鱼塘，就故意与社员们保持一定的距离，装出有点漫不经心的样子，可还是被人看了出来。

　　一个叫智哥的说："油渣，你不去学校，一大早来这里干什么？"

　　油渣说："我出来走走。"

　　"我看你是去看开鱼塘捉鱼的吧。"

　　油渣还想辩解几句，可一下又说不出来。他看着智哥挑着箩筐从身边走过。

　　"今年还想像去年一样浑水摸鱼，抓到就是自己的？门都没有了。"智哥回过头说，"还是老老实实去学校吧。不然，你就是守上一天，鸟毛都不会拣得一根的。"随后，大步流星地走开了。

油渣停了下来，等社员们走过去了，就沿着小路走到大桥下面。他知道，街一队的鱼塘不远，沿着河边走一阵子，再绕几个弯就到了。

桥底下是一大片的鹅卵石滩。油渣常常来这里捉鱼。有时，很长时间见不到一丝荤腥了，有些人想打牙祭，就在大河的上游偷偷倒入几瓶农药使河里的鱼陆续翻肚死亡，那两三天的时间里，整条河流的上上下下到处都是捉鱼的人。尽管是被农药毒死的鱼，可依然挡不住饥饿的人们。记得有一次，那是一条比他三只手掌合起来还宽的鲤鱼，突然在浅水滩碰上它时，油渣激动得差点透不过气来。那条鲤鱼被药昏头了。油渣扑过去压住它时它才跳动起来。他用力抠住鱼的鳃，可鱼还是拼命地抖动着。他把鱼抛上岸边的草地，一边骂，一边用石头砸晕那条鱼。他有点困乏时，那鱼才不动了。一群捉鱼的孩子围着他惊叹，羡慕他的运气。他把鱼放进自己的鱼篓后，一个东街的比他年纪大的混混过来了，一把抢过鱼篓。油渣想抢回去，却被那个混混朝小腹端了一脚，他一屁股跌在地上，哇哇大哭。那人将他的鱼篓一甩，鱼篓在空中划出一条弧线飞向河心。那些大大小小的鱼，从鱼篓口散落出来，一群人跟着那人冲过去抢。油渣大哭起来，问那个混混赔鱼。

那个混混说："这方圆一公里的地盘都是老子的，你侵犯我的领域，老子不收你的入场费就算，还敢让我陪？"

油渣心想，总有一天自己长大了一定要收拾他，想着想着便油渣不知不觉地在石滩上睡着了，也不知睡了多久，是肚子里的饿虫叫醒了他。于是，他起来继续寻找一些手指般长的小鱼，并将小鱼晾晒在石头上。被太阳晒了一天的石头滚烫得像一口锅，一下子就将小鱼儿烤熟了。他津津有味地吃着，填饱了肚子。

眼下，油渣沿着河滩走，免得碰上熟人又对他唠唠叨叨。

清晨的太阳将河滩晒得很暖和，他的脚板踏在光滑的鹅卵石上，感觉很是舒服。河滩上，不时有一些浅浅的小水潭，里面游动着一些小鱼小虾。那些小虾伏在石头上看似纹丝不动，可当你伸手去捉它们的时候，它们又迅速灵活地弹到另一块石头上去了。那些小鱼像稻草秆那么细，被称为"禾秆公"。它们常常是群体出动，不断变化着队形，好像在演八卦阵一样。雨季一来，河水漫上河滩，小水潭与河面连成一片。经过一段时间成长的小鱼小虾们，趁此机会游向更广阔的世界。一场大水过后，又一批鱼卵留在了河滩上的小水潭里。太阳晒过，风雨来了，小鱼儿也出生了，它们在浅浅的水潭里蓄势待发，期待着下一场大水将它们带向更远的地方。

油渣搞不明白的是他的爹妈为什么老是吵架，为了柴米油盐的事几乎天天在吵，不吵好像不舒服。吵着吵着，他们还会打起架来，爹会摔东西，妈会大喊大叫。自从他记事以来，家里就没安宁过。爹妈争吵时，他们兄弟几个就在一旁待着，屁都不敢放；爹妈打架时，要引来街坊邻里调解才能平息。平日里，油渣上学总是迟到。因为爹妈要起早去出工，兄长与他根本没有什么交流，他醒来时家里常常只剩下他一人。他不得不拖着懒洋洋的身体去学校。上课的张老师脾气出奇地大，见油渣迟到动不动就骂人，说到气头上还会甩几个耳光来，打得油渣的面颊又红又辣，还常常把油渣推出教室，关在教室外。四周传来哇哇的读书声，更增添了教室外的清寂。冬天的时候，他像一只风雪中的小鸡，干巴巴地瑟缩在门口。待到被放进教室，张老师又像种一根木桩一样，罚他在讲台上站着，一边骂，一边体罚他。

"你还像不像个学生？你还想不想念书？"张老师的唾沫星子铺天盖地地喷在油渣的脸上。

放学时间还未到，那只饿虫又在肚子里蹦上跳下了。第三节课一般不是张老师的课，油渣就到学校后面的小山上挖红薯。一垄垄的红薯苗绿油油的，不时露出粉红色的红薯，煞是诱人。只要顺手将红薯藤一拉，就会牵扯出一长串大大小小的红薯来。

吴主任在学校的集合队上说："学校的红薯天天有人去偷，到底是什么人干的？希望大家要擦亮眼睛，提高警惕，大胆地检举揭发，要敢于同坏人坏事做斗争。"

总在河边走路总有脚湿的时候。有一次，油渣打了红薯窑正吃得津津有味，被逮了正着。老师让油渣把一小袋红薯挂在脖子上，在全校的各种大会小会上"亮相"了一个星期。那阵子，他尝够了爹的巴掌和拳头。

爹打起人来十分凶狠，拿起什么用什么敲，抓着什么用什么打，好像敲打的不是自己的孩子，而是畜生一样。如果什么也抓不到，他就举起宽大的长满老茧的手掌劈头盖脸地打下来，油渣往往经不住三巴掌就要倒在地下。每每想起爹的那只宽厚的长满老茧的手掌，即使是在夏天，油渣也会情不自禁地打个寒战。

上午第二节课的课间操后，两个一年级的女学生也跑到学校围墙后面的桂花树下。她们用纸叠了两个小灯笼，想把散落的桂花装到里面去，然后放在课桌上，桂花的香气从灯笼的开口处散发出来，就可以不断地闻到桂花香气了。她们把一粒粒桂花塞进灯笼里，拣着拣着，突然一个女孩内急了，就躲藏在一边的草丛里。也许是风的缘故，也许是鸟的缘故，油渣的书包从树丫上落了下来，吓得内急的女孩惊叫起来。她们不知道这从天而降的东西究竟是什么，可拣得东西要交给老师是她们刚刚学到的。于是，两个小女孩把拣来的书包交给了老师。老师看书包里是小学四年级的课本，就交给四年级的班主任张老师。张老师看出是油渣的课本，因为上面写着油渣的名字，书本也像油渣一样皱巴巴的。

一个老师问张老师："油渣的课本怎么会掉在围墙外面？"

张老师摇着头说："这个油渣还读什么书，学校早应该开除他了，不是迟到，就是旷课，作业几乎不做，偶尔做了也没有一处是对的。唉……"说完，还摇头叹气。

张老师放学时想顺路把油渣的书包带给他爹妈，了解一下油渣怎么不去学校，商量家庭怎么配合学校教育一下油渣的问题。可走到油渣家门口时，发现门是锁着的。也就是说，油渣家里没有人在家。张老师看了看油渣家的门锁，又看了看手中的书包，把它搁在油渣家的窗口上，就走了。

傍晚时分，油渣的爹回来看见书包塞在窗台上，还以为是油渣没有钥匙进不了家门，对油渣旷课的事情一直蒙在鼓里。

油渣慢慢悠悠地走到街一队的鱼塘时，已近中午了。热辣辣的阳光洒在鱼塘上，闪动着金光，像一盆晃动的金子。鱼塘周围站满了看热闹的男男女女，可以看见成群结队的鱼在鱼塘里四处奔窜，和他昨晚想象的情景大同小异。油渣沿着鱼塘的四周转了一圈，没有人在意他的存在，因为大家关注的是鱼塘里的鱼。队长在鱼塘边走来走去，指点吆喝着，一些社员们也帮助维护秩序。油渣觉得时间还早得很，就想找一个地方歇一歇。他走进鱼塘旁边的一片玉米地里躺了下来，这里既可以听到鱼塘的动静，又不会有人打扰，躺着想着，就进入了梦乡。

迷迷糊糊中，油渣听到有人在旁边悄悄地说话，他睁开眼睛一看，几乎要叫了出来，可他还是忍住了。

居然看见队长和一个女人……

油渣几乎不敢相信自己的眼睛，想了半天，还以为是在梦里。

过了一会儿油渣又来到鱼塘边，看见队长和社员们在水里拼命地捕鱼，队长又喊又叫显得非常兴奋，好像什么事情也没有发生过一样。油渣一下子无法确定自己刚刚是在做梦，还是眼前出现了幻觉。

这时候，所有的人都下到鱼塘里了。油渣也跟着下去，尽管今年也捕捞得很干净，可大家还是沿袭了去年的法宝，于是，这里冒出一条大鱼来，那里也冒出一条大鱼来。

这时，街一队的"独眼龙"走到队长身旁，和队长嘀咕了一阵子。

队长突然起身站在鱼塘边上，大声说："把你们鱼篓里的鱼统统倒出来，超三个手指宽的鱼一律归生产队所有。"

于是，很多人把鱼东躲西藏起来，只有少部分人把一些鱼拿出来充公。油渣也抓到了一条很大的红鲤鱼，他趁人不注意时把鱼扔到了玉米地里，又跟着上去用乱草将红鲤鱼盖好，然后，继续假装在鱼塘里摸来摸去。

队长看看也没有什么效果，就命令几个精壮的社员说，把水放进鱼塘。于是，本来只剩下没过膝盖的水，又慢慢地变深了。

很多人还在鱼塘里恋恋不舍地东摸西摸，油渣心里暗暗想着那条红鲤鱼。

晚霞映在鱼塘里，血红血红的，像燃烧着的火焰。

队长喊道："收工了，你们还在那里摸什么！"

一时间，大家纷纷上岸，整理自己的收获。

油渣急急忙忙跑到玉米地里去寻找扔在那里的红鲤鱼。他揭开那片盖住红鲤鱼的草丛，看见密密麻麻的蚂蚁在草丛里忙碌着，红鲤鱼被蚂蚁啃得面目全非，几乎只剩下一副骨架了。看到这个场景，他起了一层鸡皮疙瘩。

太阳快要落山了，鱼塘周围的人渐渐少了，油渣也不情愿地离开了鱼塘。乡村大路上都是急着赶回家的社员们，他们挑着担子，扛着农具，一边赶着同样劳作了一天的耕牛，一边聊着柴米油盐的家常。路面浮起的尘土混合着牛粪、稻草的味道直冲进鼻子。油渣两手空空，早上饱满的情绪变成一种失落感，他懊恼不已，沮丧到了极点。

回到乡街，已是暮色四合了。他悄悄地溜进家里，像个小偷一样。他盘算着爹妈的问话，寻思着该如何回答。屋子里真是安静极了。他满以为迎接自己的是爹的一阵拳脚。后来在爹妈的谈话中他才知道，他们也是刚刚回家。

"你把书包放在窗口上是不是忘记带钥匙了？"爹边吧嗒地抽着卷烟边问。

油渣连忙把自己的书包取了下来。他也感到奇怪，书包怎么会在窗口上呢？不是放在桂花树上的吗？他搞不清楚，也就没有回答。爹也只是问问而已。看得出来，爹劳动一天，已经很累了。

妈围在灶台前忙着今天的晚餐。屋里还未掌灯，看得不是很清楚。

"饿了吗？"妈问。

妈的话一下子把油渣肚子里的馋虫唤醒。

"嗯。"油渣点点头，才想起自己一整天几乎都没有吃什么东西。

"房间梳头桌的抽屉里的那个布包，有两块饼干。"妈叫他去拿。

饼干！油渣不知道妈什么时候留下来的，此时此刻这两块饼干有点像救命的稻草。他已经很久没有吃过饼干了，平日只能去供销社隔着柜台看货架上的饼干，是没有机会碰到它们的，能吃上它们就太奢侈了。平日里，油渣和几个伙伴经常趴在供销社的柜台前看各种各样的食品，饼干、罐头、有糖果……他们能背下这些东西的价钱和种类，想象它们的味道。每当有一批新货上架后，他们都会去看，包装用的是什么材料，上面图案画的是什么东西，它们是哪里生产的。看着看着，感觉里面的香气都跑到了自己肚子里面，晚上想着想着，就容易入眠了。

饼干啊饼干，那种甜甜的诱惑，脆脆的感觉，像一只无形的手在油渣的肚子里猛捣。他急忙冲进房间，由于太黑了，他什么也看不见，于是点上了煤油灯。如豆的油灯一下子将枯黄色的光亮洒满房间。他耳热心跳，左看右看，激动地拉开抽屉。由于心急，抽屉被卡住了。他猛一推，咣唧一声，油灯倒了，煤油从油灯里流了出来，像水一样团团地围住了灯焰。灯焰舔着煤油，一股火苗一下子蹿满了桌面。火苗迅速生长，跳起来咬着窗帘，再向右边的蚊帐冲过去，一下子又跌落在被窝上面。接着，火苗爬上屏风，迅速膨胀起来，向外蔓延。

油渣被眼前的这一幕惊呆了！

"火！火！火……"他跑出房外，着急地喊叫着。

爹一下子冲了出来，妈在街上声嘶力竭地喊叫。整条街的人都出来了，大家拿着盆盆罐罐、桶桶瓢瓢。

人们手忙脚乱，大呼小叫……

"救火……救火……救火……"

熊熊燃烧的大火与西边的最后一点残光遥相呼应，油渣被赶来救火的街坊挤到街边的一角，看着眼前的一切像看电影一样。妈妈的呼叫凄惨而痛苦，仿佛从极远的地方传来。爹不停地跑进跑出，晕头转向。看着火光冲天，油渣记起了电影《小兵张嘎》火烧炮楼的情景，好像这一切都与己无关，他突然有一种想笑的感觉。

人们忙碌着，议论着，火渐渐熄灭了。四周霎时变得异常的黑暗与沉寂。余火一明一灭，余烟袅袅升起。突然油渣的妈像发疯似的哭喊起来："我的房子啊！我的房子啊！"

爹一步一步朝油渣逼来，黑着脸，眼睛睁得大大的。油渣看见爹高高举起宽厚的手掌向自己劈头盖脸地打来。

油渣想向爹解释，可老是说不出口。

"看你饿的！"爹一边打一边骂道。

油渣实在招架不住，就倒在了地上，有点后悔，有点想哭。

黑暗中油渣看见爹举起了一根木棍，仿佛看见很多年前爹给生产队杀年猪的情景。那一头足有三百多斤重的大肥猪好像知道死期来临，拼命地号叫着。在街头的禾坪前，肥猪被几个壮汉抬起来，放在一张木条凳上，用力压着。爹右手拿着一把手掌宽的杀猪刀，左手抓住猪的耳朵，尖刀对准猪的下巴处一捅，刀把几乎没入猪的身体。刀拉出来后，猪血跟着喷射出来。一个人用了两个脸盆，才把猪血接完。生产队的很多男女老少都来看热闹，因为之后还有一场隆重的生产队会餐。爹为了猪毛好刮就在猪的后脚蹄上开一个小口，将一根铁管捅向猪的各个部位，然后鼓起腮帮子将气吹进去。猪身浮起一道道蚯蚓似的纹路，纹路连在一起后，猪身就被吹得鼓鼓胀胀的了。爹将刀口扎好后，就用木棍来打，好让猪皮与猪肉分离。

嘭……嘭……嘭……周围的人看了都觉得好笑。

嘭……嘭……嘭……

油渣想叫爹不要再打了，他知道错了，可已经说不出话了。

周围的人开始是吵吵闹闹的，后来什么声音也没有了。

油渣感觉自己的灵魂一下子出窍了，腾空而起，在空中盘旋，看着下面。

他看见人们把他放在街的中央，又有几个抬来了一口水缸。他们用水缸把他扣在里面，然后用竹竿敲打着缸底，一边转圈，一边敲打，好像想把他敲醒一样。

半小时过去了，人们把水缸掀开。用油灯往他的脸上照了照。他子感觉吵吵嚷嚷的，子又感觉寂静极了。

他看见爹坐在一旁一边哭泣，一边气喘吁吁。

他听见妈歇斯底里地喊叫："我的崽！你醒醒！我的崽！你醒醒！"

油渣感觉妈搂着自己，可声音仿佛从高山上传来一样，缥缈而遥远，越来越轻，最后什么也听不到了。

他太困了。

突然，他看见一条红鲤鱼在水里游来游去，好像在等他一样。

他跳进水里骑在那条红鲤鱼的背上，随着红鲤鱼飞升起来。

2015年1月

●

后记

　　在东经 108~109 度，北纬 24~25 度之间，广西西北部的九万大山南麓，有一条古老狭长的百里长廊。长廊两边，群峰起伏罗列，丘陵绵延逶迤。全国五十五个少数民族之一的仫佬族，世世代代大都聚居于此，因而这里也成为全国唯一的仫佬族自治县，俗称为"仫佬山乡"。

　　我出生于仫佬山乡东部的一个小镇上。出生时小镇叫公社，后来叫乡，再后来才叫镇。小镇只有两条狭窄弯曲的老街道。街上的大多数人一边种田种地，一边卖米粉、卖豆腐、卖糖、卖酸、卖猪肉、剃头、补锅、打铁、做衣服、阉鸡阉猪、收鸡毛鸭毛、唱戏、耍文场……这里散发着最底层的世俗气息。我是在这种气息中熏染长大的，这样的气息会让人心里生出无限的温暖与柔情。

　　我现在居住在县城，发达便捷的交通让城乡几乎连成一体，因此，我常常往返于县城与小镇之间，去找回那种熟悉的世俗气息，

174

这种气息会让我产生表达的冲动。走进这样的小镇，往往会忘记时间的存在。古老的房子，狭窄的街道，奔跑的小孩，街坊邻里的笑喊声……家乡的人们千百年来就这样活着，以一种约定俗成的生活方式自生自灭。生命的归宿是郊外的一抔黄土，以及墓碑上几行字迹。这些家乡人的爱恨情仇，如果不衍变成艺术形象保留下来，以后就再也没有人记住他们了。我作为其中的一分子，每每这样想着，就心潮澎湃、百感交集。

这本集子的小说零零碎碎地发表在一些刊物上，好比零零星星的小麻雀飞入中国文学的森林里，一下就不见了踪影。这对我心性、品格和意志都是考验。作为一名偏远山区的作者，我一直默默无闻地书写家乡的当下生活，是家乡的这片土地，激起我倾诉的欲望。有诗人说："为什么我的眼里常含泪水，因为我对这片土地爱得深沉。"这诗句仿佛是为我写的一样。

我没有太多的理论知识，写作都是按自己的路子来走，想写什么就写什么，想怎么写就怎么写。但这些小说的人物故事，都深深地烙有家乡的印记。家乡那些熟悉的亲朋好友，他们的喜怒哀乐与生存困境成为我写作的源泉。我们街上的一位兄长看了我的一些小说后非常激动。初中肄业的他，写了一篇近三千字的读后感，尽管有些错别字和语句不通顺，可仍让我感动不已。他把小说里的人物与现实生活中的人物一一对照，他甚至找到了自己的原型。他和我探讨，说你为什么要改变结局呢？原来某某某怎样怎样的，你把他的故事改变了；原来那件事的结果又是怎样怎样的，你也把它变了。我知道他在纠正我的生活故事，而我给了他一个文学故事。最后他说，这样也好，又像我们的生活，又不太像我们的生活。我

想，写作就是这样，从自己的人生经验出发，能唤起人们的共鸣就够了。

　　现如今，我在仫佬山乡生活了大半辈子，还将继续生活下去。只要置身其中，我就能读懂那些草木砖瓦、河流田地、风霜雨雪的表情。对别人来说，这个山乡也许是个不起眼的小地方，但对我而言，却是一辈子怎么也书写不完的大世界。

2018年10月